인류학자가 들려주는

일상 속 행복

인류학자가 들려주는

일상 속 행복

마르크 오제Marc Augé │ 서희정 옮김

BONHEURS
DU JOUR

Anthropologie de l'instant

황소걸음
Slow&Steady

일러두기

1. 단행본과 잡지는 《 》로, 논문은 〈 〉로 표기했습니다.
2. 국내에 번역·출간된 책이나 논문은 번역 제목에 원제를 병기하고,
   출간되지 않은 책이나 논문은 원제에 번역 제목을 병기했습니다.
3. 지은이 주는 꼭지마다 미주[1]로, 옮긴이 주는 본문에 괄호로 처리했습니다.

"드물게 찾아오는 순간들이 있어 인생은 살아볼 만하다."

스탕달Stendhal,《Lucien Leuwen뤼시앵 뢰방》

차
례

행복이란
무엇일까?

1760년경에 작은 여성용 책상이 처음 등장한다. 보뇌르뒤주르bonheur du jour(18세기 후반에 성행한 책상과 화장대를 겸한 부인용 가구를 지칭한다. 문자 그대로 해석하면 '일상 속 행복'이다.—옮긴이)라는 이 책상은 책과 서류를 보관하는 사물함이 탁자 뒤쪽에 있고, 탁자 앞쪽에 서랍이 있으며 그 위를 뚜껑으로 덮는 형태로 제작됐다. 당시에는 취미로 글을 쓰는 일은 거의 여성들이 하는 활동으로 여겨졌다.

17세기에서 18세기로 넘어가는 전환기에는 몽테스팡 부인, 맹트농 부인 등이 프랑스 왕국의 정치·경제·문학계 전반에서 중요한 역할을 하며 명성을 떨쳤다. 18세기 들어서는 루이 15세의 총애를 받은 부르주아 출신 퐁파두르 후작부인이 계몽사상가 볼테르와 몽테스키외를 후원했다. 그녀 덕분에 로코코 취향이 덜한 가구가 베르사유에 들어왔다. 퐁파두르 후작부인이 세상을 떠난 뒤에는 비천한 계급 출신이지만 루이 15세의 애첩이 된 바리 백작부인이 문학계를 비롯한 예술계를 후원했다. 당시 인기를 끈 고급 가구 장인 마르탱 카를랭은 그녀를 위해 장미나무로 보뇌르뒤주르를 제작하기도 했다.

　　18세기에 호화 저택의 내부 구조가 바뀌었다. 여인들만 드나들 수 있는 내밀한 공간, 규방이 생긴 것이다. 그러면서 긴 의자, 재봉대, 작은 서랍장 등 다양한 소형 가구가 제작됐다. 규방이 등장함에 따라 여러 가지 변화가 일어났다. 감수성과 풍속이 달라지고, 여성이 정치 · 사회 · 문화에 미치는 영향력이 확대됐으며, 성과 에로티시즘에 대한 견해도 바뀌었다.[1] 부르주아의 행복을 물질적으로 구현한 보뇌르뒤주르는 좀 더 보편적인 열망을 상징했다. 특히 보뇌르뒤주르 취향은 심리와 문학 취향을 상징하기도 했다.[2]

18세기 프랑스 문학과 사상을 연구한 로베르 모지 Robert Mauzi는 계몽주의 시대가 행복을 앞세워 도덕적인 유토피아를 만들어냈으며, 뻔뻔하게 사치와 재화의 매력을 두둔했다고 지적했다.[3] 그러나 자유주의적 사상에 힘을 실어준 것 역시 바로 이 행복에 대한 열망이었다.

지금 이 시대라고 그런 착각과 모순, 아니 무엇보다 행복에 대한 기대를 떨쳐버렸겠는가?

행복이라는 트렌드

2016년 10월 28일자 《르 파리지앵 매거진》(일간지 〈르 파리지앵〉의 주말 특별판)은 '행복은 트렌드'라는 제목 아래 '사회적 변화의 결과인가, 마케팅의 효과인가'라는 조심스러운 부제를 달았다.

이 문제의식은 대단히 사려 깊은 것이다. 그러나 행복을 사회학적(사회 변화) 관점에서 바라본 책들을 펴낸 소설가 로랑 구넬Laurent Gounelle이나 수필가 프레데리크 르누아르Frédéric Lenoir는 이미 큰 성공을 거두며 폭넓은 독자층을 확보했다. 비슷한 맥락에서, 적어도 유럽에서는 개인의 행복이라는 물음이 누구나 제기할 수 있고 제기해야 하는 문제로 여겨진다.

기사에 따르면 UN(국제연합)은 행복을 국가 발전 정책의 핵심 과제로 삼고 있다. '사회적 행복'이라는 개념을 발전시킬 목적으로 국제행복전망대도 설립했다. 전반적으로 낙관적인 분위기다. 행복 전도사들이 기고한

글에 실린 행복의 법칙은 다음 세 가지로 요약할 수 있을 것 같다. 행복하려면 자신을 알아야 하고, 현재에 주의를 집중해야 하며, 다른 사람들에게 도움이 된다고 느껴야 한다. 하지만 스토아학파의 철학과 기독교의 사랑을 종합한 듯한 이 원칙들은 사실 만만찮은 일이다.

2010년 '파브리크 스피노자(스피노자 제작소)'라는 싱크탱크를 설립한 사업가 알렉상드르 요스트에 관련한 기사도 실렸다. 그는 '시민의 행복'을 추구하기 위해 강연회와 워크숍을 개최하고, 정치·경제 기관을 상대로 '건전한 로비' 활동을 벌이고, 2016년에는 47개 설문을 바탕으로 분기별 행복지수를 만들었다고 한다.

'행복책임자'라는 새로운 직종이 기업 내에 등장했다. 인사관리 담당자에서 행복책임자로 보직이 바뀐 로랑스 반에는 유연성 확보, 원격 근무, 업무 재분장 등 직원의 업무 능력 계발을 촉진할 방안을 제안하는 것이 최고행복책임자의 역할이라고 소개한다. 엄밀히 말하면 이런 임무가 전적으로 새로운 일은 아니다. 몇 년 전

올네 시에 있는 로레알 공장에서 한 사람이 제품 제작 전 과정을 원활하게 이끌 수 있도록 라인별 작업 원칙을 깨고, 일부 작업자의 업무 범위를 재편했다.

이런 시도를 회사 전체에 적용하는 것이 과연 가능한지는 의문이다. 게다가 기업 차원에서 진행되는 '자기계발' 아래 이루어지는 행복 추구는 종전의 정치·경제 체계에 크게 종속될 수밖에 없다.

최근 진행된 수많은 연구는 새로운 형태의 노동이 오히려 노동자의 고립을 양산한다고 주장한다. '회사에서 행복이 본질적인 트렌드다'라는 호언장담은 프랑스 내 여러 기업에서 일어난 자살 열풍을 막기 위한 수사였음이 드러났다. 행복한 직원이 일을 잘한다는 이 주장은 관리 책임자를 집중 겨냥한 것으로, 그들을 비판하는 것에 가깝지, 직원의 마음을 사로잡으려는 선전 문구가 아니다.

이런 측면에서 볼 때, 체제에 복무한다고 행복 예찬론자를 비난하기보다 그들에게 단어의 파급력을 잘못 가늠하고 사용한 책임을 물어야 할 것 같다. 그렇다면 행복이란 무엇일까?

UN은《세계 행복 보고서World Happiness Report》에서 GDP(국내총생산)와 기대 수명 등 객관적인 기준을 정하고, 이 기준과 기준에 대한 인식을 비교했다.《르 파리지앵 매거진》에 따르면, 2016년 세계 행복 순위에서 프랑스는 32위로 처졌다. 이는 콜롬비아와 체코는 물론 브라질, 멕시코, 칠레, 아르헨티나, 우루과이보다 못한 순위다.

《르 파리지앵 매거진》이 이 순위에 대한 견해를 물었다. 프레데리크 르누아르는 언제나 안 될 것만 찾아내는 프랑스 국민의 비판적 사고방식과 '개인주의' 탓이라고 지적했다. 그는 "유럽에서 행복하다고 손꼽히는 나라들은 연대 의식이 강한 곳으로, 이를테면 공공선 의식이 크게 발달한 북유럽 국가나 가족 간 유대가 돈독한 남유럽 국가"라고 덧붙였다.

세계 행복 순위에서 덴마크가 1위, 스웨덴이 10위를

차지한 만큼 북유럽 국가의 특징인 '공공선 의식'과 사회정책에 찬사를 보내고 높이 평가하지만, 개인의 행복에 대한 물음은 여전히 남는다. '연대 의식이 강한 곳이 가장 행복한 국가'라는 문구가 붙은 커다란 사진에서 입가에 미소를 띠고 포즈를 취한 프레데리크 르누아르의 섣부른 추정에 집중해보자. 르누아르는 《세계 행복 보고서》에서 남유럽 국가의 순위를 살펴보는 것을 깜빡한 모양이다. 스페인은 37위로 프랑스보다 나을 바 없고, 이탈리아는 50위, 포르투갈은 94위, 그리스는 99위다. 가족 간 유대는 분명 든든한 무게 추가 되지 못한 셈이다. 그렇다면 우리는 이 저울질에서 무엇을 확실히 알 수 있는가?

이 기사에서 가장 주목해야 할 사실은, 얼마간 읽다 보면 기사가 무엇을 이야기하는지 아무도 모른다는 점이다. 이를테면 이 기사에서 쓰는 개인주의가 타인에 대한 관심을 거부하는 자세를 의미하는지, 스토아학파 식으로 이상적 인간상을 추종하는 태도를 의미하는지 모호하다.

행복에 관한 뚜렷한 정의가 없는 상태에서, 사람들은 행복을 자신이 열망하는 어떤 상태의 지속이라고 여기는 것 같다. 행복하다고 여기는 상태의 지속을 불안한 사람들(현자의 평온함과 평정심이 없는 이들)의 달뜨고 부산스러운 마음과 대비하는 것은 스토아학파 때부터 이어온 전통이다. 기독교는 여기에 더해 영원한 행복을 약속했다. 오늘날 행복한 평화에 대한 갈망은 의기양양한 자본주의 안에서 벌어지는 치열한 경쟁은 물론, 체제에서 소외되고 배척당한 이들의 부질없는 항의와도 분명하게 대조된다.

로랑 구넬은 현재의 위기와 자신의 해결책을 다음과 같이 정리했다. "독자들은 제 소설을 통해 자신이 의미를 추구하는 과정을 풍성하게 만들려고 합니다. 그들은 자아를 실현하고자 하고, 소비사회가 약속한 이상을 더는 신뢰하지 않습니다." 그러고는 기사에 실린 큰 사진에서 보여주는 미소에 반하지 않는 낙관론을 펴며 "우리가 겪는 문명의 위기는 곧 인간의 능력 계발에 바탕을 둔 사회 모델로 귀착될 것"이라고 마무리했다.

정리하면 대중적인 일간지가 행복에 대한 '기획 기사'에 지면을 여러 장 할애했다는 점, 어느 한쪽으로 기울지 않도록 신중했다는 점, 행복 레서피를 제안하는 저자들의 책을 홍보하면서도 그들의 견해에 어느 정도 유보적인 태도를 보였다는 점 등은 의미심장하다. 뤽 페리Luc Ferry도 지면을 장식했다. 그 역시 신작 홍보를 겸한 인터뷰를 했는데, 행복이 현실이 아니라 현실을 바라보는 시각에 달렸다는 주장에는 동의하지 않았고, 행복해야 한다는 강박은 위험한 착각을 불러일으킬 수 있다고 비판했다.

행복에 대한 이런 이중성은 소비사회에서 비롯된 것인데, 소비사회는 체제에 대한 자신감으로 그 무절제함과 악행을 규탄하는 이들마저 판촉 대상으로 삼는다. 하지만 저자들의 동기가 무엇이든, 효율과 생산성에 대해 으레 언급되는 주장 이면에는 개인의 삶이 갖는 의미에 대한 보편적인 의문이 담겨 있다. 위기 상황에서는 '개인의 삶이 갖는 의미는 무엇보다 타인과 관계 맺는 방식에 달려 있는가?'라는 질문을 던져보는 게 좋다. 모든 독자적 개체는 사회적 의미의 구성 요소로 정의되는 타자와 관계를 통해 자신을 구축한다.

따라서 행복의 인류학이라 부를 만한 것(미셸 드 세르토Michel de Certeau가 '주체의 실천적 학문'이라 명명한 것과 비슷한 의미)의 몇몇 노선을 살펴보지 않을 수 없다. 그리고 이는 개별적인 상황을 넘어, 개인이 일상을 영위하며 타인과 관계를 유지하고 새로운 관계를 맺으려고 노력하는 길을 살펴보게 해줄 것이다.

오늘날 뤽 페리(《7 façons d'être heureux 행복해지는 7가지 방법》)나 알랭 바디우Alain Badiou(《행복의 형이상학 Métaphysique du bonheur réel》)를 비롯한 여러 작가로 하여금 행복의 개념을 탐구하게 만든 거대한 움직임이, 전 세계의 정치 · 경제 · 사회는 물론 도덕적 상황으로 볼 때 걱정거리가 급증하는 시점에, 매일 불안해야 하는 이유가 넘쳐나는 국가에서 등장했다는 점은 분명 역설적이다. 불확실한 시절에는 구명복을 찾게 마련이므로 이 역설은 두드러질 수밖에 없다.

단수가 아닌 복수의 행복

이 책에서는 앞으로 단수가 아닌 복수의 행복을 다룰 것이다.

인류는 행복한 자와 불행한 자, 이렇게 이분법적으로 나뉘지 않는다. 물론 불행이 좀 더 즉각적으로 감지된다. 갑작스러운 불행은 무심하고 잔혹한 자연의 힘으로 덮쳐오기 때문이다. 그래서 사랑하는 이와 일시적으로 혹은 영원히 이별하는 일은 때로 그 사람을 사랑하는 일보다 아프게 다가오기도 하고, 그 사람을 영원히 빼앗겼다는 확신이 불러오는 고통이 그가 평소 우리에게 얼마나 중요한 존재였는지 가늠케 한다. 사랑하는 사람을 잃는 것이 회한의 감정을 불러일으키는 것은 그 때문이다. 우리는 상대방과 보낸 친밀한 순간들을 곱씹는다. 그 순간들은 아마도 우리만이 강렬하게 회상할 수 있을 것이다. 우리 인생에서 영영 사라진 상대방이 그 순간들을 기억하는지 몰라도, 상대방이 세상을 떠났다면 이제 변덕스러운 기억 속 그 순간들을 추억할 이는 우리뿐이기 때문이다.

이 책에서는 종전 방식과 달리 조심스러운 인류학적 접근법으로 우리가 각자 어떤 정황과 여건에서 행복의 순간과 움직임을 또렷하고 섬세하게 감지하는지 살펴보려고 한다. 다시 말하지만 상태가 아니라 순간이고, 영원히 고정된 것이 아니라 움직임이다.

급작스러운 감정의 변화를 지칭하는 단어는 많지만, 환희나 희열, 열광과 같이 우리를 '사로잡는' 감정은 마치 어딘가에서 머리 위로 떨어지는 것처럼, 또 마음을 '지배하는' 것처럼 인식되는 데 비해, 행복은 내면에서 비롯된 안정적인 상태로, 본질적 자아가 표출된 것이라고 여겨진다. 다행스럽게도 프랑스어는 복수의 행복을 표현할 수 있어서 행복의 내면과 외면, 덧없음과 지속성을 뚜렷이 구분하지 않는다. 이 복수의 행복은 이탈리아어 '펠리치타felicità'로는 포착하기 어렵다. 라틴어 어원이 같은 프랑스어 펠리시테félicité(지복至福)는 신과 합일해 영원히 축복받은 자들이 누리는 상태의 천복에 가깝다. 우리 프랑스인들은 복수의 행복 덕분에 지상으로, 필멸의 존재, 즉 기대와 환멸과 공포와 희망을 지닌 육체적 존재들 속으로 돌아왔다. 그러면서 행복하다고 규정된 순간들에 담긴 의미와 역할이 무엇인지 자문하게 됐다.

단수가 아닌 복수의 행복에 대해 논하는 것이 좀 더 정확하고 흥미로우며 덜 이데올로기적인 이유는, 일반적인 행복의 개념과 같은 추상성을 다루는 대신 사실과 사건과 태도를 짚어보기 때문이다. 인생에는 절대로 행복할 수 없을 것 같은 상황에서 갑작스레 찾아오는 행복이 있다. 이 행복은 어떤 풍파에도 버티고 살아남아 기억 속에 영원히 각인된다.

행복이 여럿이라는 사실은 개별적 정체성, 타인과의 관계, 시공간과의 관계에 대한 여러 질문, 즉 인류의 상징적인 구성에 관해 가르침을 준다. 그 가르침에는 인류학적 의미가 담겨 있다. 행복한 모든 순간에는 타인과의 관계가 얽혀 있다. 자신과의 관계와 타인과의 관계는 불가분하다. 이를테면 장 자크 루소는 고립되지 않고 친구들에게 둘러싸여 있을 때, 고독한 산책자로서 다양한 행복을 오롯이 맛볼 수 있었다.

행복을 내밀하게 살펴보면 모든 사례가 한 장소에서 다른 장소로, 한 순간에서 다른 순간으로, 한 대상에서 다른 대상으로 이동한 움직임을 인지하는 것과 관련 있음을 알 수 있다.

'회귀'라는 단어도 공간과 시간을 모두 환기하기 때문에 시적 감성을 불러일으킨다. 유목 사회는 풀라니족처럼 새로 이동한 땅에 자신들이 구축한 사회적 공간의 형상을 그대로 가져다 놓으면서 영원한 회귀의 사회가 된다. 다른 맥락에서 '회귀'의 움직임이 불러일으키는 시적인 감흥도 살펴보자. 여름휴가철에 가족이 있는 고향을 찾는 일은 지리적인 회귀인 동시에, 유년기로 돌아가는 가상의 회귀다. 극단이 순회공연을 할 때, 배우들은 매일 저녁 다른 도시에서 같은 무대에 서는 행복을 느낀다.

그런데 오디세우스 이래로 전쟁을 끝낸 전사들은 언제나 회귀를 위한 시험에서 고전을 면치 못했다. 분명 그 시험에 돌이킬 수 없는 시간을 확인시키는 증거가 포함되어 있기 때문이다. 회귀의 순간엔 늘 뭔가 변해 있게 마련이다. 외부 세계를 바라보는 우리의 관점일 뿐이라도(예를 들어 일리에로 돌아온 프루스트는 초라한 풍경에 실망했다).

이제 창작의 행복으로 넘어가자. 무대에 선 배우의 창작물은 관객이 봐줘야 의미가 있다. 작가의 창작물은 몇몇 사람에게라도 읽히고 알려져야 작가가 글쓰기에서 행복을 찾을 수 있고, 때로 작가에게 '집필의 행복'은 살면서 느끼는 행복이라기보다 기적에 가까운 일로 여겨지기도 한다.

찰나의 행복은 비밀을 품고 있다. 우리는 그 행복이 사라진 뒤에야 그 진가를 절감한다. 입원해 있을 때 시내에서 잠시나마 돌아다니는 일이 얼마나 소중한지 깨닫는 것처럼. 더 나아가 사회적 관계, 고독, 과거, 미래에 대해서도 뭔가를 알려준다. 운명의 불평등한 현실에 대해서도 들려준다. 이를테면 고국으로 돌아갈 희망이 없는 이민자들은 행복의 순간들을 경험하긴 하겠지만 오직 미래를 보면 살아야 하는, 굳은 의지로 용감하게 앞으로 나아가는 영웅처럼 살아야 할 운명인 셈이다.

나이가 많다고 행복을 경험하지 못하는 것은 아니다. 어쩌면 나이는 행복을 음미하기 위해 필요한 조건인지도 모른다. 물론 최후의 심판의 약속, 영광스러운 새 몸과 살을 얻은 뒤의 부활이라는 약속은 단념한 상태여야 한다. 나이가 들면 세대 간에 공유하는 행복을 경험할 수 있다. 이 경험은 출신, 성별, 탄생 시점과 무관하게 인간이 유전적인 존재라는 사실을 입증하는 확실하고 유일한 증거다. 그러니 나이에서 오는 행복의 목록은 에밀 시오랑Émil Cioran이 유쾌한 염세론을 담아 단정적으로 말한 것과 달리, 노쇠한 상태와 연관된 것에 국한되지 않는다.

이 책에서는 '행복의 형이상학'(바디우)을 정립하기보다 행복한 순간, 찰나의 감상, 변하기 쉬운 추억을 다룰 것이다. 그런데 행복을 다루려면 적당히 두서없더라도 비난받지 않는 개인적 경험을 사례로 드는 편이 나을 것이다. 그런 경험을 적다 보면 소소한 행복의 내용과 배치 순서 등에서 저자가 어떤 사람인지 자연스레 드러나기에, 이 글은 때로 두서없는 일지의 모습일 것이다. 이 '일지'를 통해 독자와 대화를 시작하고, 독자를 대화

의 증인으로 삼고, 지금 벌어지는 일에 대해서 이야기
해보려고 한다. 비록 그 일이 행복한 순간이 찾아올 가
능성을 부정하는 듯 보이더라도 말이다. 비극적이었다
가 우스꽝스러워지고 위협적이었다가도 자극적으로
변하거나 이 모든 일이 동시에 일어나는 세상에서, 볼
테르의 권유에 따라 각자가 "자신의 정원을 가꾸"려고
노력하는 현실에서 벌어지는 일이 대부분 그렇겠지만.

---

1 사드Marquis de Sade의《규방 철학La Philosophie dans le boudoir》이 1795년에 출간된다.

2 라파예트Marie-Madeleine de La Fayette 부인은 1678년 익명으로 출간한 소설《클레브 공작부인La Princesse de Clèves》에서 처음 규방 가구에 대한 취향을 드러냈다. 이 책은 1780년에야 저자 이름이 기재된 판본으로 나왔다.

3《L'Idée de bonheur dans la littérature et la pensée françaises au XVIIIᵉ siècle 18세기 프랑스 문학과 사상에서 행복의 개념》

그럼에도 불구하고
찾아오는 행복들

#1

얼마 전부터 행복, 아니 행복들에 대해서 쓰고 싶다는 욕구가 막연한 걱정과 함께 마음속에서 꿈틀꿈틀 싹텄다. 무엇이 나를 부추기고 자극하는 것일까? 기억 속에 묻힌 행복들이나 샤를 트르네Charles Trenet가 '우리 사랑에 무엇이 남았나요?'에서 노래한 '빛바랜 행복'처럼 지나간 행복들이 아니라 현재의 행복들에 대해 쓰고 싶다. 잠깐! 내가 무슨 선동을 하려거나 행복해야 한다고 강박을 주려는 건 결코 아니다. 그런 건 나와 무관한 일이다.

나는 행복들(단수보다 복수일 때 겸허해지는 역설적인 단어), 시절과 공포, 나이나 질병에 굴하지 않는 행복들, 내가 앞으로 '그럼에도 불구하고 찾아오는 행복들'이라고 부를 행복에 대해 이야기하고 싶다. 이들은 혼란스럽거나 생각에 잠겨 있을 때 잠깐 고개를 내밀었다가 사라지는 것으로 보아, 우리가 일상을 버티도록 도와주는 행복이다. 또 거리에서 친구를 우연히 만나듯, 모르지만 왠지 친근한 인상이 드는 사람을 마주치듯 만나는 행복이다.

왜 그럴까?

이런 행복들은 뿌리가 깊고 뭔지 모를 침울한 분위기에 밀려 흩어지거나 근래에 알라를 부르짖는 광신도들의 위협처럼 막연한 불안감과 일상화된 공포 때문에 사라지지 않는 것 같아서다. 어떤 보편적인 맥락에서 독립된, 사적인 행복들이라 하겠다. 따지고 들기 좋아하는 사람은 '이기적'이라고 표현할지도 모르겠다. 이 행복들은 영혼을 뒤흔드는 폭풍에도, 숨통을 조이며 영혼을 잠식하는 폭우에도 살아남을 수 있으니 난공불락이라는 표현이 가장 잘 어울릴 듯싶기도 하다.

노르망디상륙작전에 투입된 미국의 어느 장군이 가장 기억에 남는 일이 그날 자신을 무척 힘들게 한 독한 감기라고 했다는 이야기를 어린 시절에 들은 적이 있다. 그렇다고 해서 그가 전투 지휘나 부하들의 죽음에 무심하진 않았을 것이다. 나는 이 장군의 감기와 같은 행복들이 있다고 조심스레, 아니 단호하게 말하고 싶다. 그런 행복들은 불현듯 나타나 어떤 방해에도 굴하지 않고 살아남아 그 사람의 마음을 사로잡고 각인되어 그가 살면서 아무리 힘든 고비에 맞닥뜨리더라도, 비극적인 사고를 당하거나 천재지변을 겪더라도 절대로 지워지지 않는다. 바로 '그럼에도 불구하고 찾아오는 행복들'이다.

여러분은 그럼에도 불구하고 찾아오는 행복들이 도대체 무엇이냐고 물을 것이다. 예를 들어보라며! 당연한 질문이지만 대답하기 쉽지 않다. 이 행복들은 본디 각자가 행복하다고 느끼는 순간들이기 때문이다. 아무도 대표 목록을 작성해줄 수 없다. 그러나 각자 조금만

솔직하게 돌이켜보면 기억의 화면 위로 그럭저럭 선명하게, 때로는 약간 희미하게 등장하는 행복들이 보일 것이다.

그것은 소박한 행복들로, 빼앗겨봐야 우리에게 얼마나 필요한지 실감할 수 있는 것들이다. 이런 행복들을 빼앗기는 원인은 여러 가지다. 질병이나 입원, 전쟁처럼 심각한 것일 수도, 가벼운 것일 수도, 개인적인 것일 수도, 사회적인 것일 수도 있다. 이런 '방해물들'은 그 방해물 때문에 금지되거나 불가능해진 것이 무엇인지 생각해보고, 그것들이 얼마나 필요한지 절감하게 만든다. 예를 들어 우리는 입원하면 자유롭게 움직이지 못한다. 여러 명이 함께 사용하는 병실에 배정되어 주어진 침대에서 꼼짝 못하고 누워 있어야 하는 경우가 대부분이다.

이런 상황에서는 소소한 행복을 누릴 가능성이 전혀 없다는 말이 아니라, 이런 상황에 처했을 때 할 수 없는 것들을 문득 실감하고, 그것들이 현실과 대조해보거나 되돌아볼 때 얼마나 중요한지 가늠하게 만드는 상황의 힘을 뜻한다. 우리가 빼앗긴 움직임이란 기분 좋은 자유의 경험이었다. 거리를 몇 걸음 걷다가 멈춰 가판대에서 신문을 구입하고, 신문 판매상과 현 세태를 걱정하는 몇 마디를 나누고, 가까운 비스트로에 앉아 리스트레토ristretto(에스프레소보다 짧은 시간에 소량 추출한 커피. 커피의 다양한 맛을 진하게 맛볼 수 있으며, 여운이 입안에 오래 남는다.—옮긴이)를 마시거나 머릿속을 비운 채 근처를 산책하는 일을 다시 할 수 있다면 뭐라도 내놓지 않겠는가?

모두 지극히 익숙해서 딱히 의식하지도 않는, 우리의 일상을 채우는 공간을 이동하는 일이다. 커피 한 잔 마실 때마다 유독 만족감이 큰 것도 아니고 최신 뉴스를 보는 일은 그나마 더 즐거울 게 없지만, 이런 작은 자유를 한동안 박탈당해보면 일상의 진가가 무엇인지 깨닫고, 일상이 얼마나 중요한지 깊이 느낀다. 그러면 우리의 매일을 이어주고 우리가 살 수 있게 해준 가느다란

실을 불현듯 인식하게 된 것처럼, 우리의 바람은 좀 더 소박해지고 꼭 필요한 것만 남는다.

1972년에 할아버지가 심각한 장 질환으로 콩카르노에 있는 병원에 입원했다. 병문안을 갔는데, 마침 할아버지가 국소마취제를 처치 받아 일시적으로 편안해진 상태였다. 반나절 외출 허락을 구해 10킬로미터 거리에 있는 할아버지 댁에 다녀오기로 했다. 내가 20년 넘게 방학 때면 찾아갔고, 최근에도 브르타뉴에 들를 수 있을 때마다 방문한 할아버지 댁에 마지막으로 다녀오는 일이라는 게 분명했기 때문에 딱히 즐겁지 않았다. 집으로 가는 길에 할아버지가 보여준 생기에 놀라지 않을 수 없었다. 할아버지가 말이 많고 장난을 즐기는 모습도 처음 봤다. 할아버지는 무척 즐거워하면서 참을성 많은 택시 기사에게 농담하고, 손자의 남다른 장점을 자랑하셨다.

할아버지가 또다시 집에 갈 수 있을 거라는 희망과

기대를 완전히 접고, 그것들을 묻어버리는 중이라는 생각이 들었다. 이번 외출이 부활이자 숙명에 대한 복수인 셈이라는 점도 깨달았다. 우리는 집에 도착해서 익숙하게 부엌 탁자에 앉아 팔꿈치를 괴었다. 말은 별로 오가지 않았다. 몇 달 전에 돌아가신 할머니를 떠올렸다. 말없이 편안한 미소를 한두 번 주고받았다.

시간이 얼마간 흐르고, 할아버지가 일어나 식당 문을 열고 마지막으로 안을 둘러보셨다. 정원도 마지막으로 한 번 둘러보시고 현관문을 잠갔다. 매초의 무게가 오롯이 느껴지는 짧고 고요한 몇 분이었다. 그 시간을 함께할 수 있어 행복했고, 병원으로 돌아와 병실 앞에서 헤어지며 그런 감상을 나눴다.

며칠 뒤 할아버지가 돌아가셨다.

그럼에도 불구하고 찾아오는 행복들은 결국 지나간 행복이자, 시간으로 미화된 추억일까? 그렇기도 하고 아니기도 하다. 평범한 일상과 달리 이런 순간들은 의식에 선명히 각인된다. 육체를 사로잡고 오감을 자극해 우리는 그 순간들이 언제까지나 마음속에 남으리라는 걸 직감한다.

이 순간들은 프루스트의 마들렌처럼 어떤 감각이 되살아나야 환기되는 게 아니다. 그 순간들과 연관된, 좀 더 정확히 표현하면 그 순간들을 구성하는 감각의 물결은 절대로 고갈되거나 사라졌다가 불현듯 다시 떠오르는 성질의 것이 아니다. 우리는 이따금 어떤 일을 앞으로 절대 잊지 않을 거라고 다소 서툴게 말을 맺곤 한다. 이 말이 절반의 진실인 것은 우리가 항상 그 일을 염두에 두고 있지 않고 언젠가는 우연히, 언젠가는 기억을 더듬어서 떠올릴 터이기 때문이다.

그럼에도 불구하고 찾아오는 행복들은 모든 감각을 통해 만들어진다. 나와 할아버지가 마지막으로 만나는 장면에는 시각과 청각이 결정적이다. 기억 속에서 그 장면을 천천히 되돌릴 수 있는데, 그런 때면 익숙한 몸짓이 눈에 들어온다. 그러면 할아버지 목소리 톤의 변화, 목을 가다듬는 방식, 그러고 나서 새어 나온 짧은 한숨과 살짝 맥없는 침묵, 아니 머리를 살짝 젖히고 택시 기사에게 보여주신 허풍이 약간 섞인 달변을 좇는다. 그쯤 되면 곧 다른 느낌이 찾아와 추억 속 장면을 완성한다. 내 팔을 슬며시 잡은 할아버지의 주름 많은 손의 악력이 생생하게 느껴진다. 할아버지가 자주 하시던 행동이지만 그날은 각별한 의미를 담았으리라.

그중에서 특별한 기억이 있다. 할아버지는 섬세한 요리사였다. 우리가 마지막으로 찾은 그 부엌에서 나는 할아버지가 나무 화덕에 주물 냄비를 올려놓고 감자를 오랫동안 구워 '할아버지표 감자 요리'를 준비하시는 모습을 한참 바라보곤 했다. 감자가 익어가는 냄새를 기분 좋게 음미하며 감자를 이로 깨물었을 때 바삭하고 톡톡한 첫 느낌과 뒤이어 흘러나온 부드러운 속살이 입 안에서 부드럽게 녹아내리는 느낌을 상상으로 먼저 맛보았다.

사라진 그날들이 오늘날 내게 환기하는 감정은 노스

탤지어나 멜랑콜리보다 순수한 행복의 순간을 경험했
다는 확신이다.

　할아버지의 마지막을 말없이, 그렇지만 뚜렷이 지각
한 채로 나눈 행복이었다.

사느냐
죽느냐

#2

나는 왜 태어났고, 나는 왜 나인가?
알다시피 먼 옛날부터 인류에게 던져진 화두다. 우리는
철학적 물음이 자연스레 떠오르는 어린 시절에 가끔 이
런 질문을 던진다. 삶에서 우연은 우리를 어찌할 수 없
는 결과로 이끌어간다. 행복인지 불행인지 나는 언제나
나를 규정하는, 따라서 내 의지를 벗어난, 애초에 있었
던 우연의 산물일 것이다. 하지만 내가 다른 사람이 아
니고 나로 존재한다는 명백한 사실은 그 이유를 모른다
해도 반박할 여지가 없는 필연이고, 본질적 모순과 불
가능하고 상상하기도 어려운 부인否認을 전제로 해야
의문을 품을 수 있는 존재의 출발점이다.

다채로운 감각적 경험을 통해 파악되는 자아는 안정적이고 든든한 방파제와 같은 모습이 아니다. 자아의 다양하고 변하기 쉬운 성질은 자명한 경험적 사실이다. 더불어 우리는 모든 자아가 타자를 전제로 한다는 점을 잘 알고 있다. 전 세계 모든 문화에서 사회적 규범은 이 사실을 바탕으로 교육 방침을 세우고, 자연스럽게 느껴지는 위계를 구축한다.

마르셀 모스Marcel Mauss는 어느 문화권에서나 자아에 대한 인식(자신이 독자적 존재라는 인식)이 존재한다고 말했다. 그러나 독자적 개인은 타자의 주체적 독자성을 이해하기 위해 엄청난 노력을 기울여야 한다. 개인이 자기 자신이어야 한다는 당위로 당혹스러운 마음을 가라앉히고 나니, 타자의 자아를 고려해야 한다는 요구에 직면한 것이다. 첫 번째 난관에서 벗어나려면 다른 난관을 마주해야 하는데, 그 새로운 난관이 결국 배가된 첫 번째 난관인 셈이다.

사실 자아 중심적 사고는 역사를 뒤흔든 독재자들이 등장하는 이유가 됐을 만큼 언제나 매혹적이다. 독재자들은 워낙 강력한 자아 중심적 사고를 당연시하기 때문에 세상과의 관계나 타인과의 관계에서 타인의 자아는 염두에 두지 않았다.

자아는 타자라는 시련을 통해 확립된다. 우리는 개인의 인격을 형성하는 데 교우 관계와 가족 관계, 학교 환경이 얼마나 중요한지 알고 있다. 타자라는 시험은 때로 진정한 의미의 시련이 되는데, 우리에게 그런 시련을 주는 사람이 대체로 그러려는 의도가 없었다는 점에서 더욱 두렵다. 나의 어린 시절 추억을 몇 가지 예로 들면 이 점을 확실하게 그려 보일 수 있다.

나의 첫 번째이자 근원적인 형이상학적 경험은 1942년인가 1943년에 부모님이 산타클로스의 존재에 대해 거짓말을 했다는 사실을 알게 된 때였다. 인디언이 동물에게 들키지 않고 다가가려고 갖은 꾀를 쓰듯, 부모님이 살금살금 내 방으로 들어와 벽난로 앞에 선물을 두고 갔다. 빨간 망토를 입고 하얀 턱수염을 기른 산타 클로스 할아버지가 내게 주었을 만한, 시절이 시절이니 만큼 소박한 선물이었다. 당시 나는 자고 있지 않았다. 왠지 불경한 일을 저지른다는 생각에 눈을 뜨지 않으려 고 애썼다.

2~3년이 지나 부모님이 산타클로스는 없다고 넌지 시 알려주실 때, 나는 꽤 오랫동안 모르는 척했다고 말 하지 않았다. 그때는 부모님이 미안해하지 않았으면 하 는 마음이었지만, 이제 와서 돌이켜보니 부모님이 의도 했든지 안 했든지 내게 신경 써서 거짓말할 기회를 줌 으로써 내가 성장하도록 도와주신 셈이다.

수염을 길게 기른 노인의 모습으로 묘사되는 하느님 의 존재에도 일찌감치 의심을 품었다. 아버지는 신도 사탄도 믿지 않았지만, 어머니는 그만큼 대담하지 못했 다. 나는 첫 번째 영성체를 경건하게 받았고, 이때도 속 으로 다른 생각을 하고 있었다는 사실은 나중에야 털어 놓았다.

구원은 유일신교에서 주요 개념이다.

하지만 무엇에서 구원 받아야 하는가? 내가 무슨 일을 했는데? 구원의 종교라는 관점으로 볼 때 개인의 운명은 유일신과 관계에 달려 있다. 그러나 바로 여기서 완전히 다른 배타적 관계, 즉 자신을 의식적 주체로 정립해야 한다는 힘든 과제에 대한 반작용으로 맹목적 반이성주의가 나타날 수 있다. 이때 유일한 인간 주체와 그가 헌신하는 신이 맺은 돈독한 일대일 관계에서 다른 인간은 사라질 위험이 있다. 이 일대일 관계에는 다른 인간에게 주어진 자리가 없기 때문이다. 파스칼은 1654년 11월 23일 홀로 '종교적 체험'을 한 뒤에 "기쁨, 기쁨, 기쁨, 기쁨의 눈물"이라고 외쳤다고 한다.

구원자인 신과 남다른 관계를 맺고 있다고 믿는 신비주의자가 구원 받을 가능성은 그의 행동과 아무런 상관이 없다. 이슬람의 신비주의자인 수피들처럼 자아가 '신에게 몰두'할 때, 타인들은 어디에 있는가?

나는 파스칼의 기쁨이 두렵다. 당시 학교 교육과정은 무난하게 역사적 흐름을 따르고 있었다. 5학년(우리의 중1에 해당. 프랑스에서는 저학년을 더 큰 수로 표기하며, 초등 과정 5년(11~7학년), 중등 과정 4년(6~3학년), 고등 과정 3년(2학년~막학년)인 학제다.—옮긴이)에는 중세, 4학년에는 16세기, 3학년에는 17세기, 2학년에는 18세기, 사춘기의 괴로움이 가장 떨쳐지지 않던 1학년(우리의 고2에 해당—옮긴이)에는 낭만주의를 배웠다. 분명 재고가 필요한 구성이지만, 다음 학습 내용을 기다리며 기대감이 커지는 효과는 있었다. 그런 의미에서 나도 2학년이 되면서 일종의 해방감을 맛봤다. 18세기 계몽주의를 접하게 됐기 때문이다.

내가 지금까지 지속되는 의문, 즉 정치에 의문을 품기 시작한 시점이 그때다. 행복은 반드시 사회적 차원을 내포하고 있는가? 진실이 뭐든 프랑스 혁명가들은 그렇다고 생각했다. 생쥐스트는 1794년 3월, 공안위원회에서 망명 귀족의 재산을 몰수해 가난한 국민에게 나뉘주자는 명령안을 발의하며 "여러분이 프랑스 땅에 불행한 사람이나 압제자가 더는 존재하길 바라지 않는다는 사실을, 이번 사례가 이 땅에서 결실을 맺기를, 선한 사랑과 행복을 퍼뜨리는 계기가 되기를 바랍니다. 행복은 유럽에서 새로운 개념입니다"라고 연설했다. 그는 행복의 속성에 대해 자문하고 있었고, 지금도 그의 발언은 우리에게 행복의 속성과 관련해서 어떤 감동을 불러일으킨다.

이 감정에는 여러 가지 원인이 있다. 생쥐스트의 연설은 타인이 존재하고, 그들을 행복하게 만들기 위해 그들과 관계를 바꿔야 한다고 역설한다. 새로운 개념인 이 행복은 압제자와 피압제자가 동시에 사라져야 이뤄진다. 문제는 압제란 무엇이고, 압제자는 누구냐는 점이다. 생쥐스트는 지금도 유명한 '행복은 새로운 개념'이라고 연설한 그해 4월에 당통을 단두대로 보낸 연설을 했고, 6월에 프랑스공화국을 지켜낸 플뢰뤼스 전투에 참전했으며, 7월에 로베스피에르와 함께 단두대에서 최후를 맞았다.

이 청년들의 세대(생쥐스트는 27세에 사망했다)는 질주하듯 살다가 떠났고, 우리는 그리스·로마 시대를 지표로 삼은 뛰어난 연설과 피로 점철된 짧고 강렬한 이 시기에 매료되지 않을 수 없다. 그들이 민중의 행복을 지나치게 바란 나머지, 평범하고 단순한 일상으로 되돌아오기 전에 자기 목숨과 운명을 모두 희생한 것은 아닌지 생각해볼 수도 있다.

몇 달 동안 혁명을 이끌고 동료들의 목숨을 잃게 만들더니, 결국 자신도 처형당한 이들의 죽음에 매혹되는 현상에는 다소 당혹스러운 면이 있다. 생쥐스트가 말하는 행복은 그가 추구하는 가치와 닮아 손에 잡히지 않는다. 마치 일종의 신비주의자들 같은 위대한 혁명가들은 당시 자기들이 그리는 미래상과 언변이 미치는 영향력을 충분히 인식했으며, 그 혁명 과정에서 얻는 오만하고 개인적인 만족감에 대담하게도 행복이라는 이름을 붙인 것 같다.

내란과 (유럽의 다른 전제군주제 국가 연합과 치른) 전쟁으로 얼룩진 혁명은, 혁명가들은 물론 원하든 원치 않든 그들과 얽힌 사람들에게 자극이 되는 순간들로 구성된다. 자신의 '거대 서사'를 역사에 편입시키려 한 이 청년들의 감정을 어떻게 짐작할 수 있을까?

보리스 시륄니크Boris Cyrulnik의 표현을 빌리면, 소설은 '영웅적인 행복'과 그 행복의 두 얼굴을 구현하는 가상의 인물을 다룬다. 사랑을 추구하며 행복을 찾는 개인이나, 자기 뜻대로 역사를 창조하여 만인의 행복을 추구하는 행동형 인물 말이다. 스탕달Stendhal부터 앙드레 말로André Malraux까지 소설 속 남자 주인공은 이 두 가지 유형이고, 두 면모를 모두 갖출 수도 있다. 그리고 이런 문학 장르를 역사적 지표로 삼아 행복이라는 개념이 어떻게 변하고 세계 속으로 확산됐는지 살펴볼 수 있다.

'행복한 사람들은 사연이 없다'는 프랑스 속담이 있다. 이 속담에 비춰보면 소설과 문학 속 주인공은 대부분 행복하게 그려지지 않을 것이다. 행복이란 정의하기 어렵고, 언제나 손가락 사이로 빠져나가 손에 잡기도 어렵다. 그렇기 때문에 '약간의 행운이 함께하길 바라며' 전방위로 행복을 찾아 모험을 떠난 사람들은 사실상 자기 삶에 거리를 두고 되돌아보다가 노스탤지어에 잠기거나 체념했을 때, 플로베르가 쓴 장편소설《감정교육L'Éducation sentimentale》의 결말처럼 지혜로 간주될 수 있는 일종의 안도감을 느꼈을 때, 자기 이야기를 과거형으로 풀어낼 수밖에 없을 것이다.

사랑에 대한 환상에서 깨어난 프레데리크 모로(《감정교육》의 주인공 — 옮긴이)와 정치적 야심에서 깨어난 그의 죽마고우 데로리에는 만사에 초탈한 경지에 이른 후, 젊은 시절의 부끄러운 일화(파리 외곽에 있는 노장 매음굴에서 벌어진 실패한 일탈)에 대해, "우리가 경험한 최상의 것이었지"라고 웃으며 이야기를 나눈다. 이처럼 행복은 사적인 노스탤지어이자 미화된 과거, 혹은 공동의 유토피아이자 미화된 미래라는 두 가지 성격을 띠는 시간적 개념으로 보인다.

미화된 과거와 미화된 미래 두 경우 모두 환상이 존재하고, 프로이트 식으로 말하면 전자는 본능적 욕망, 후자는 유도된 욕망의 표현이다. 그리고 시간이 소설의 주재료가 된다는 점에서 소설 속 행복의 추구는 과정의 행불행과 무관하게 다양한 형태로 지배적인 주제가 된다. 《감정교육》은 이런 관점에서 볼 때 환멸의 이야기로, 사랑과 권력을 찾아서 모험의 끝까지 다녀온 두 주인공이 결국 환상에서 깨어나 우정을 확인한다. 소설 제목만 해도 감정교육으로 습득한 실용적인 '지혜'는 영원히 남느냐는 물음에 낙관론과 비관론 중 어느 쪽으로도 방점을 찍을 수 있는 교육과정 같다. 나이가 들면 환상을 품지 않는가?

반드시 그렇지도 않다.

환상에는 나이가 없고, 과거를 바라보는 '냉철'한 시각이 현재와 미래에 그대로 적용되라는 법도 없다. 우리의 예상은 종종 근시안적이고, 현재는 때로 우리의 허를 찌르기에 더욱 그렇다. 사생활에서나 공적인 삶에서나, 미래는 늘 예측 불가능성을 품고 있다. 최선과 최악이 모두 가능하다. 그러니 우리는 늘 우연에 내맡겨져, 닥쳐오는 사건에 맞서며 살아갈 수밖에 없다. 하나의 만남, 하나의 발견, 하나의 사고, 모든 것이 가능하다. 예기치 못한 일이 벌어졌을 때 우리의 반응도 놀라움 자체다. 그런 면에서 우리는 모두 창작자다.

때로 우리는 흔히 말하듯 '과거를 돌이키'고 싶은 유혹을 느낀다. 취업용 이력서를 작성할 때, 우리는 대담하게도 과거를 '정돈'해본다. 우리는 이런 마음이 아직 가보지 않은 여정에 질서를 부여해 안도감을 얻기 위한 속임수임을 알고 있다.

그러나 이 시도가 자기에게 솔직해지면서 놀라움을 느끼는 순간이 될 수도 있다. 예를 들어, 어느 날 저녁 고등사범학교 동기가 함께 와인을 마시는 자리에서 아프리카에 관한 연구를 아프리카에 가서 하는 일이 실제로 가능하다는 이야기를 하지 않았다면 나는 뭐가 됐을까? 아마도 프랑스 문학 전문가가 됐을 것이다. 어떤 만남이 나를 다른 지평으로 이끌었다면 또 달라졌을지도 모른다. 삶 전반에 지속적인 영향을 미치는 우연한 만남은 일어나지 않았을 수도 있다. 내가 기차를 놓쳤다면, 그날 집에 있었다면, 친구 뒤퐁이 산책하자고 하지 않았다면….

과거를 회상하려는 누군가의 시선에서 재편된 일련의 작은 우연들이 그(녀)가 현재 자신을 규정짓는 바탕이 되는 지난 삶을 재구성한다. 그러니까 우리는 자기 삶을 새롭게 만들어내는 것이다. 그리고 우리가 인정한다면, 인생에서 일어나는 사건의 임의성은 창조의 결과물이자 예상치 못하게 충만하고 행복한 시간을 제공하는 원천이 될 수 있다.

창작과
행복

#3

《감정교육》을 쓴 작가 플로베르는 책 주인공과 다른 인물이다. 작가가 자기 삶을 활용해 소설 속 인물을 그려낼 때도 그 인물의 이야기를 창조하는 것이며, 이 창작 활동을 행복하다거나 불행하다고 규정할 수는 없다. 작가는 자신이 쓴 글이 읽히기를 바라며, 독자가 있어야 비로소 작가가 된다. 독자가 몇 사람이라도 있다는 확신이 들면 작가는 만족감을 얻는다.

이 만족감은 허영과 무관하고, 오히려 고독에서 벗어나게 해주는 관계에서 오는 친밀감에 가깝다. 이 만족감은 작가가 자기 내면으로 떠난 여행이자, 자신을 넘어서는 여행의 결과물이다. 독자의 독서로 끝나는 게 아니라 독자들에 의해 재해석되고 이런저런 문구로 재창조되어 되돌아온다는 점에서 이 만족감은 모험의 결과물이기도 하다. 그러니까 작가는 이제 자기가 세상에서 혼자가 아니라는 감정, 더 정확히 말해 다른 이들의 상상 속에 간접적으로 존재한다는 사실에서 삶의 의미를 찾는다.

뛰어난 연주자나 가수, 음악가, 배우들이 대중과 순간순간 맺은 특별한 관계를 고려해보면 그들이 대중의 반응에 얼마나 크게 좌우되는지 쉽게 이해할 수 있다. 작가는 이런 짜릿한 순간을 경험하는 일이 극히 드물어서, 컬로퀴엄colloquium(발제자가 주제에 대해 발표한 다음 여러 참여자가 자신의 의견을 자유롭게 제시하는 연구 모임—옮긴이)이나 도서전 같은 곳에서 사람들을 만나면 자기도 모르게 자신의 책을 읽은 독자들과 어떤 관계를 맺고 싶어 할 수 있다.

타인의 상상 속에 존재하는 일은 하룻밤의 갈채보다 오래 지속되지만, 가끔 구체적으로 나타나기도 해야 한

다. 실제 독자와 직접 만나는 자리는 작가 내면의 자의
식을 강하게 일깨울 수 있어서다. 마치 자신의 글이 독
립적 존재가 되어 타인의 기대에 부응한 것처럼, 자신
이 말하려고 한 것 이상이 전해졌다는 확신이 드는 자
리라면 말이다. 행복이 살아 있음을 실감하는 일이라
면, 작가들은 이때 행복한 순간을 경험할 것이다. 작가
와 반대로 독자나 관객들은 작가의 작품을 접하면서 특
별한 행복을 경험할 수 있다는 말이기도 하다.

살아 있음을 실감하는 일은 타인을 통해 드러나는 증
거가 필요하기 때문이다. '연인들은 세상에 자신들뿐
이다'라는 노래가 있다. 이 노래는 '너와 나의 구분이 없
는' 사랑이 추구하는 이상으로서 둘만의 고독을 담고
있다. 행복하다는 확신은 타인을 만나면서 생겨나지만,
사랑은 영원하지 않고, 사랑하는 이의 얼굴뿐만 아니라
바깥세상까지 순식간에 밝히는 불꽃은 오래 타오르지
않는다.

사랑에 빠진 이는 한동안 새로운 눈으로 타인을, 삶

을, 세상을 바라본다. 그는 뜨겁게 살고, 살아 있음을 느낀다. 스탕달은 《Lucien Leuwen뤼시앵 뢰방》에서 "드물게 찾아오는 순간들이 있어 인생은 살아볼 만하다"라고 썼다. 그러니까 사랑은 타자와 시간에서 오는 시련이다.

글쓰기에도 이런 이중의 시련과 비슷한 뭔가가 있다. 이런 의미에서 쓴다는 것도 사랑의 행위인데, 자기 삶의 증거이자 불특정한 타자를 향한 도약이기 때문이다. 쓰는 자의 의식에는 언제나 타자가 있다.

그렇다고 섬광과도 같은 행복한 순간이 사랑의 목적은 아니다. 시간이 흘러 둘만의 고독이 결국 이중의 고독임이 드러나겠지만 우리는 계속 사랑하기를 원한다. 이런 관점에서 볼 때 작가는 사랑하는 이의 모델이고, 그 역은 성립하지 않는다. 작가는 끈기 있게 쓰고 또 쓴다. 마침내 작가는 자기 작품과 묘한 관계를 맺는다. 우리가 과거의 어떤 중요한 장면을 뭉텅이로 잊어버리듯이, 그는 자기 모습이 드러나지 않는 페이지에서도 충

실하고 싶은 마음에 과거의 장면을 다시 녹여내려고 애
쓸 것이기 때문이다.

어느 정도 나이 든 작가와 그의 작품은 오랜 짝과 같
다. 이 둘은 포기하지 않고 꾸준히 길을 걷는 한결같은
미덕을 보여준다. 모든 것은 언젠가 멈출 테지만 그 순
간까지 삶은 계속된다. 삶이란 내리막길에서 내달리는
자의 프리휠(자전거의 페달을 밟지 않고 달리는 것―옮긴이)
이 아니라 타인에게 향하려는 지속적인 노력이다.

행복의 미덕은 행복이 우연한 만남과 사건에 따라 달
라진다고 해도 여전히 그 우연을 기대하고 찾을 수 있는
데 있다. 또 마침내 행복을 찾았을 때도 계속 행복을 찾
으려고 애써야 하는 것을 아는 데 있다. 시오랑은《독설
의 팡세Syllogismes de l'amertume》에서 이와 정반대 주장
을 편다.

"행복이란 늙고 노쇠해진 '이후'에야 도달할 수 있는,
몇 안 되는 인간들에게 주어지는 특혜와 같은 것으로
지극히 도달하기 어렵다." 하지만 〈사랑의 생명력〉이라

는 장에서는 "그럼에도 불구하고 우리는 언제나 사랑해야 한다. 그리고 이 '그럼에도 불구하고'가 무한을 버티게 한다"고 털어놓았다. 행동하는 자의 행복은 그 성격상 끝나지 않는다. 점근선(무한히 뻗어가며 직선에 수렴하지만 직선에 닿지 않는 곡선―옮긴이)적인 이상을 헛되이 추구하다 보면 다가가긴 해도 가닿지 않는다. 노쇠란 앞당겨진 죽음, 시든 사랑이나 도피하는 행복에 더는 신경 쓰지 않는 무관심을 의미한다.

　미덕, 행운, 행복은 이처럼 잘 짜인 발레와 같아서 서로 가까워지면서도 절대 닿지 않는다. 행복의 개념은 다양하지만, 추상적인 관념이 아닌 행복은 개인을 기준으로 측정되니 근본적으로 개인적인 개념이다. 그런 의미에서 이 개념은 계몽주의의 산물이다. 그렇지만 독자적 개인은 타인과 맺는 관계로 자아를 실현하고, (장 뤽 낭시의 표현을 빌리면) 독자성은 오직 관계 속에서 발생한다.

행복은 쫓고 찾는 것이라는 비유도 있고, 만들고 다지는 것이라는 비유도 있다. 다시 말해 우리는 행복과 수동적이고 능동적인 관계를 맺고 있다. 어떤 의미에서는 운이 좋고 나쁘고의 사안일 수도 있지만 결단력과 의지, 즉 마키아벨리가 말하는 '비르투virtù'의 의미인 덕의 사안이기도 하다.

만인의 행복이란 혁명의 이상이었고 여전히 그렇지만, 개인의 행복은 그것의 시금석이기 때문이다. 장 뤽 낭시는 행복을 공동체(공동성) 속에서만 가능한 각자(개별성)의 긍정이라고 했다.[1]

1 2012년 7월 14일자 《텔레라마》에 게재된 쥘리에트 세르Juliette Cerf와 인터뷰 중에서.

떠나고
돌아오기

4

항공사는 '편도' 항공권 발급을 꺼린다. 돌아옴을 전제하지 않는 떠남에는, 일반적으로 자기가 누구인지 정의해주는 곳에서 도피하려는 욕망과 유사한, 미심쩍은 구석이 항상 있다고 여긴다. 왕복aller-retour은 표현에도 어느 정도 신속함이 배어 있어서 부재의 시간은 짧고, 떠났다가도 금세 돌아올 것이라는 느낌이 든다.

단독으로 사용된 '회귀'라는 단어는 상상력을 자극하고 특정한 경로를 연상시키지 않는다. 회귀는 시간과 공간이라는 두 가지 측면을 건드리기 때문에 시적인 어감을 풍긴다. 이 두 가지 측면은 이 단어에 단순한 반복

뿐만 아니라 과감한 혁신, 틀에 박힌 일상, 경험 등 양가적 의미를 부여한다.

일반적으로 유목 사회는 동일한 경로를 따라 이동하고, 이 경로는 보통 적절한 기후 조건을 갖춘, 예를 들어 가축 무리가 먹을 것이 풍부하다든지 하는 여러 지점으로 구성된다(이동식 목축은 유럽에 여전히 남아 있는 유목 생활의 좋은 사례다). 그러나 풀라니족은 이동할 때마다 유랑 마을의 도면을 지면에 꼼꼼히 새겨둔다. 이런 유목 생활은 방랑 그 자체고, 유목 사회는 곧 영원한 회귀의 사회가 된다.

계절의 순환은 수많은 사회에서 사회를 운영하는 기준이 되고, 사람들이 생활하는 일정에 영향을 미친다. 이를테면 정착해서 농경 생활을 하는 사회는 흉작을 거두거나 기근에 시달리지 않으려면 주의를 기울여서 어떤 일을 반드시 끝내야 하는 기한이 있다. 정주하든 유목하든 수많은 사회집단에게 생활의 기반은 반복이며, 세계의 질서를 위협하는 행위는 곧 사회질서를 거스르는 일이다.

태어난 곳이나 가족이 자리 잡은 터전에 대한 애착은 이런 의미에서 가족적 유목 생활과 비슷하다. 많은 현대 도시인에게 여름휴가는 가족의 품('뿌리')으로 돌아가는 기회였고, 지금도 여전히 그렇다. 이런 '기원으로 회귀'는 주기적으로 이뤄질 때 전통적 의미의 유목 생활nomadism과 비슷한 형태를 띤다. 출신지를 다시 찾아가는 행동은 대부분 휴가철이라는 아름다운 계절이 돌아왔을 때 나타난다.

이 현대의 유목 생활은 그리움과 기대가 뒤섞인, 회귀에 대한 욕망을 불러일으킨다. 이 욕망은 출신지와 연관된 기억이 곧 유년기의 추억이라는 점에서 복잡한 감정이다. 우리는 공간적이면서도 시간적인 회귀를 희구하는 셈인데, 전자는 가능하지만 후자는 불가능하기 때문이다. 아픔이자 기쁨이요, 기쁨이자 아픔이 되는 노스탤지어의 양가적 성격도 바로 이 때문이다.

일반적으로 삶이란 수많은 오고 감의 연속이지만 그

오고 감이 매번, 적어도 처음부터 감정적인 반응을 불러일으키지는 않는다. 하지만 이따금 강렬한 순간이 있다. 사랑에 빠질 사람이나 친구가 될 사람을 만나는 순간 같은(알퐁스 드 라마르틴에게 부르제 호수가, 장 자크 루소에게 비엔 호수가 어떤 의미였을지 상상해보자). 이런 순간으로 돌아가는 일은 불가능하기에 이들 장소로 돌아가는 일은 시련이 된다.

보라! 이제 나 혼자 앉아 있네
그녀가 앉았던 그 바위에!

— 〈호수〉, 알퐁스 드 라마르틴

이런 순간은 공간과 시간의 긴장감을 극도로 고조하기에 문학적 소재가 될 수 있다. 이때 긴장감은 여러 형태를 띤다. 예를 들어 라마르틴이 언급한 풍경은 하나도 바뀌지 않았고, 시간이 흘렀을 뿐이다.

그러나 시간이 공간 인식에 영향을 주는 경우도 있

다. 마르셀 프루스트는 일리에로 돌아갔을 때 그곳이 작아졌다고 느꼈고, 더는 어린아이의 눈으로 가늠하던 규모가 아니라는 걸 깨달았다. 그는 글쓰기를 통해 지금은 존재하지 않는 어릴 적 그곳의 모습을 재구성해볼 수 있었다.

얼마 전에 어떤 경험을 했다. 그런 일이 익숙한 전문가들에게는 별다른 일이 아니겠지만, 내게는 깨달음의 계기가 됐다. 그런 일은 처음이었다. 내가 느낀 것은 분명 행복한 감정이었다. 생각나는 여러 원인을 연관 지어봤지만 이유를 설명할 수 없었고, 의미가 퇴색되지도 않았다. 나는 2010년부터 2012년까지 여러 차례 유럽 순회공연을 한 극단의 단원이다. 다시 어디로 이동한다는 공지를 받을 때마다 왠지 모를 환희가 조금씩 차오르는 것을 느꼈다. 낯선 곳에서 공연하는 것은 분명 설레는 일이다. 새로운 공연장에서 만나는 진행 담당자들은 모두 호감형에 친근했고, 우리는 짧은 시간에 진솔한 동지애로 뭉치곤 했다.

그러나 순회공연이라는 모험의 시작을 빛나게 장식해준 아비뇽 체류 기간을 떠올려보면 이 행사 자체에 특별한 요소가 있었다. 사실상 낯선 곳에서 단원이 함께 모인다는 점이 순회공연이 주는 행복의 한 요소였다. 순회공연을 위해 스위스, 프랑스, 룩셈부르크, 독일, 이탈리아, 폴란드 등지의 20개 남짓한 도시를 방문했다. 그중에 이미 다녀온 도시도 있었지만, 공연할 도시로 출발할 때나 도착할 때면 새롭게 환희가 차올랐다. 이때 관광지로서 그곳의 매력은 거의 중요하지 않았다. 공연할 도시에 도착하자마자 극장으로 이동해 기술자들이 바쁘게 준비 중인 공연장으로 들어갔기 때문이다.

도착하고 얼마 지나지 않아 마시모 푸를란Massimo Furlan(이탈리아 출신 행위 예술가. 국제다원예술축제 '페스티벌 봄 2010'의 폐막작으로 〈We are the team 우리는 한 팀〉을 서울월드컵경기장에서 공연했다.—옮긴이)이 무대에 올라 리허설을 시작했다. 여기서 우리가 한 단체 공연에 대해 잠깐 설명해야겠다. 지금 이야기하는 주제와도 관련이 있다.

연기자이자 공연 전반을 기획한 마시모 푸를란은 어릴 때 본 1973년 유로비전 음악경연대회의 TV 중계방송이 불러일으킨 감정을 재현하려고 했다. 그는 음치에 가까운 피노 토치로 분해 당시 경연대회에 나온 다양한 노래를 무대마다 다른 인물이 되어 다른 의상을 입고 차례로 불렀다. 이 공연은 마시모가 분명 행복했던 유년기, 자기에게 각인된 가수들과 노래, 저녁 내내 TV를 봐도 된다는 허락을 받게 해준 경연대회라는 특별한 행사에 바치는 헌사였다. 나는 어느 시점에 피노의 아버지로 분해 다른 사람들과 함께 무대에 올라 피노의 노래가 끝날 때까지 노래와 기억, 나이를 비롯해 다양한 주제에 대해 즉흥적으로 이야기를 나누는 연기를 했다. 요컨대 우리 공연의 주제는 유년기 행복의 환기였다.

마시모는 꾸준히 목을 가다듬었고, 기술자들은 조명과 음향을 조절했다. 나는 아무도 방해하지 않으려고 조심하면서 무대 뒤부터 앞쪽까지 돌아다니거나, 객석에 앉아 무대 장식을 살펴보곤 했다. 무대 장식은 커튼, 의자 세 개, 화분 하나, 마이크로 간소했고, 매번 같은 물건이었으며 조명효과도 동일했다. 다시 말해 공연장이 어디든 나는 동일한 공간, 그러니까 조명이 비추는 내밀한 사각형 공간에 있었다. 곧 저 자리에 서면 객석을 채운 관객들이 어두운 무리로 다가올 것이다. 그들의 떨림이 전해지고, 때로는 그들이 얼마나 주의를 기울이는지 침묵마저 들릴 듯하겠지.

어떤 장소에서도 순회공연 당시 방문한 공연장처럼 완전무결하고 영원한 공간이라는 느낌을 강하게 받지 못했다. 몇 계단 올라가서 극장 문을 열면 다른 곳, 낯선 도시가 나올 테다. 저녁이 되면 그곳에서 음료를 마시며 사람들을 구경하겠지. 하지만 마시모가 몇 초 만에 갈아입고 다른 겉모습과 정체성을 갖출 의상들이 정해진 순서대로 정리된 무대 뒤와 무대라는 제한된 공간은 한결같았다.

나는 그가 있는 이 공간으로 때때로 기차나 자동차나 비행기를 타고 찾아가 극단에 합류했고, 나라는 사람의 흔적이랄까 존재 증명이랄까 싶은 내 자리도 되찾았다. 우리가 공연하는 이국의 다양한 도시와 변함없는 무대 장치의 극명한 대비를 떠올릴 때면, 나는 언제나 행복해졌다. 아마도 공연이 어디서 열리든 그곳으로 향하는 여정을 회귀로 여기고 즐겼기 때문일 것이다.

오디세우스 혹은
불가능한 귀환

#5

오늘날 도시와 시골의 급속한 변화는 시간과 공간을 예전과 다르게 경험하게 만들었다. 이제는 경험을 할 때 시공간 모두 문제가 된다. 사람들이 어디에 다녀왔는지 증거를 남길 수 있도록 녹음과 녹화 기능이 뛰어난 기기를 제조하고 판매하는 것이 소비사회의 속성이 아닌가 싶다. 피사의 사탑과 파리 노트르담대성당 앞에서 포즈를 취한 관광객은 자기 인생의 그 순간을 흔히 말하듯 '영원히 남긴다'. 그들은 내킬 때마다 이 사진이나 영상을 보면서 그 순간을 다시 만끽한다. 사진이나 영상이 그 순간의 정점을 포착했다는 점에서 그 순간을 다시 즐기기는 더 쉽고, 결국 그 순간이 그들에게는 추억으로 남을 것이다. 따라서 이는 의미 있는 경험을 반복해서 체험하는 것이고, 처음 경험한 장소와 무관하게 재현될 수 있다.

관광객이 방문한 지역의 기억을 이런 식으로 저장하는 시대에 되돌아가는 일이 무슨 쓸모가 있을까? 귀환이라는 개념이 여전히 의미가 있을까? 미래의 관광업이 어떨지 극단적인 형태를 상상해보자. 재력이 뒷받침되는 많은 사람들이 고도 100킬로미터 궤도를 비행하는 우주선을 예약했다고 한다. 그들은 그 우주선을 타고 TV로 보던 지구의 전체 모습을, 이번에는 화면이라는 매개체 없이 직접 바라볼 것이다. 그러면서 그들은 미리, 한눈에 지구상에서 가능한 모든 왕복 노선을 가늠해볼 것이다. 우주 비행사도 그렇지만 그들도 이렇게 물리적으로 규모의 변화를 체험한 뒤에는 지구로 돌아오자마자 지면에 제대로 발을 딛고 서기 어려울 것이다. 현대사회에서 우리 모두가 규모의 변화가 있다는 점을 더 간접적인 방식이긴 하지만 인지하고 있더라도 말이다.

미래에 인간은 시간과 공간의 제약에서 크게 자유로워질 것이다. 그렇다고 해도 시간과 공간은 개인이 관계를 맺는 데 상징적인 구성 요소고, 인간관계가 개인의 정체성 확립에 반드시 필요하다는 점은 변함없다. 현재 관광이 어떤 형태든지 모든 인간은 자기 능력을 발현하려면 타인과 만나야 한다. 그런 점에서 관광객-소비자 이면에는 선잠을 자며 숨죽이는 여행자가 있다고 단언할 수 있다. 여행자란 그러니까 자기에 대한 호기심도 있고, 떠나려는 욕망이 도착했다는 헛된 만족감보다 중요하기 때문에 타인에게 호기심을 보이는 사람이다.

모든 인간에게 삶이라는 여정은 《오디세이》에 버금가는 모험담이다. 그러나 과거는 절대로 돌이킬 수 없기 때문에 귀환은 끝나지 않고, 장소와 시간의 장난은 가혹하기 이를 데 없다. 오디세우스가 당대에 알려진 세계를 방랑하고 돌아와서는 다시 길을 떠났다는 전설도 있다. 아마도 자기를 찾아 떠났을 것이다. 그리고 다른 사람들을 만나러 떠나지 않았을까?

《몬테크리스토 백작》은 불가능한 복수를 다룬 소설이자, 불가능한 재회에 관한 이야기다. 주인공 에드몽 당테스는 자기를 배신한 자들에게 고통을 주는데, 자기와 마찬가지로 그들의 피해자인 메르세데스에게는 한층 더 가혹했다. 그가 복수할 수 없었던 것은 덧없이 흐르며 청년의 혈기를 누그러뜨린 시간이 내면에 일으킨 뚜렷한 변화다. 그는 이제 메르세데스를 사랑하지 않았다. 그는 그녀를 사랑하던 남자가 아니었다. 우리는 더 나아가 그가 자신도 모르는 사이에 돌아가는 것은 불가능하다고 확신하고 복수에 매진하다가 지쳐서 망각의 경계선에 선 것 같다는 느낌을 받는다. 그에게 아직 힘이 남았으니 이제 할 수 있는 일은 진정으로 삶을 크게 바꾸는 것, 과거를 잊고 새로운 행복을 찾아 나서는 것뿐이다.

오디세우스는 페넬로페의 인내심을 인정했지만, 페

넬로페가 정절의 상징이 될 만한 인물은 아닌 모습으로 그려진 판본도 있다. 페넬로페는 오디세우스를 다시 만났을 때 그가 누구인지 알아보지 못했다. 오디세우스의 오래된 충견만이 그를 알아보고 기다렸다는 듯이 죽음을 맞았다. "그들은 아이를 여럿 낳아 오래오래 행복하게 살았답니다"처럼 왕자와 양치기 소녀 이야기 같은 동화의 교훈은 《오디세이》의 결말에 적용되기 어렵다. 수수께끼 같은 인간미에 다양한 면모를 갖춘 오디세우스는 '귀환 용사'의 딜레마라고 부를 법한 모습을 잘 보여준다.

일반적으로 귀환 용사들은 스스로 행복이라 여기던 것을 되찾는 데 애먹는다. 연인과 다시 만나고 예전의 인간관계를 회복하는 등 삶을 '다시 시작'하는 일이 얼마 전까지 그가 겪은 일에 비춰볼 때 그리 쉽지 않다. 이는 단순히 부재의 시간 때문이 아니다. 귀환 용사는 자신이 거쳐왔지만 더는 존재하지 않는 과거와 그가 아직 장악하지 못한 현재 사이에 끼어 있다. 그에게 현재는 아직 떨쳐내지 못한 경험 이전의 과거와 더 자연스럽게 연결되기 때문이다.

흔히 귀환 용사 이야기의 소설적 모티프는 언제나 남녀의 대립을 통해 전개된다고 한다. 이를테면 페넬로페는 떠돌아다니는 오디세우스가 돌아오기를 기다린다. 마르세유에 사는 메르세데스는 에드몽의 모험에 대해 아무것도 알지 못한다. 고대 그리스 역사가이자 인류학자 장 피에르 베르낭Jean-Pierre Vernant이 분석한 대로, 헤스티아와 헤르메스 신화는 이 모험(남성성)과 기다림(여성성)을 그린 서사시의 암묵적 모델이다. 남성적 행복과 여성적 행복이 별개일까? 그럴지도 모른다. 통계적으로도 그렇고 어떤 순간에는 그럴 수도 있겠지만, 지금은 이 둘의 공통된 뿌리에 대해 살펴보려고 한다.

지금은 우에드 틀렐라로 불리는 생트바르브뒤틀렐라는 알제리 오랑에서 남동쪽으로 27킬로미터 떨어진 곳에 있는 마을이다. 나는 1962년에 몇 달간 그곳에 머물렀다. 1962년 알제리에서 군 복무 중이던 몇 주에 대해 이야기하려고 한다. 당시 프랑스령 알제리 내 테러리스트 집단인 군사비밀조직OAS과 치열한 전투를 벌였는데, 6월 25일에 테러리스트들이 오랑 항구에 정박한 선박 연료 탱크를 폭파해서 화재를 일으키는 바람에 전투도 끝났다.

우리는 화재 이후 프랑스인이 버리고 간 농장에 머물며 평화롭고 한가한 날을 보냈다. 7월 5일 오랑에서 벌어진 유럽인 학살은 전혀 알지 못했다. 우리는 몇 달간 체류할 예정이었다. 프랑스로 돌려보낼 장비를 운반하는 수송대를 메르스엘케비르까지 호위하는 임무를 제외하면, 시간을 자유롭게 쓸 수 있었다.

어느 날 소위 한 명이 휴가에서 복귀했는데, 그의 프랑스 발령 공문이 막 대위에게 전달된 참이었다. 이 소식을 알렸더니 아직 우리와 하루를 더 보내야 함에도 그의 마음은 이미 다른 곳에 가 있었다. 우리가 급한 마음에 두서없이 전달한 소식을 마침내 알아들었을 때,

그의 얼굴에 순간적으로 희색이 돌아 깜짝 놀란 기억이 난다. 우리는 서로가 놀라는 모습에 놀라워하며 자초지종을 나누고, 궁금한 점을 묻고, 같이 탄성을 질렀다. 그는 자유롭게 풀려난 사람처럼 보였다. 오랑으로 돌아가게 된 순간까지 자기가 들은 소식을 감히 덥석 믿지 못했다.

12월 말에는 내가 휴가를 받았다. 처음 알제리로 배속됐을 때 연대를 이끌다가 얼마 전 프랑스로 복귀해 국방부에서 일하는 대령에게 남은 군 생활을 프랑스에서 할 수 있게 해달라고 부탁하는 편지를 보내둔 상태였다. 비행기를 타고 순식간에 파리로 돌아와 가족과 만났다. 얼마 전에 큰딸이 태어난 참이었다. 요람 위로 몸을 구부려 아기를 바라본 기억이 난다. 딸이 눈을 뜨고 미소 지었다. 사람들에게 자랑했지만 아무도 내 말을 믿지 않았다. 태어난 지 며칠 되지 않아서 아직 미소 지을 줄 모른다고 했다. 그래서 딸이 내게 첫 번째 미소를 선물했다고 혼자 결론지었다. 브르타뉴에 들러 조부모님도 뵈었다. 축제는 끝났고 내 휴가도 곧 끝이었다.

　나는 그때부터 좀 이상하게 행동했다. 아니 이상하다
기보다 한없이 꾸물거렸다. 그러면서 가까운 사람에게
도 왜 그러는지 말하지 않았는데, 나도 진짜 이유를 몰
랐다. 시간은 금방 갔다. 대령이 내 청을 들어줬으리라
고 내심 확신하면서도 딱히 국방부에 가 확인해보지는
않았다. 나는 알제리 생트바르브뒤틀렐라로 돌아가 앞
서 언급한 동료와 같은 상황을 경험했다. 내가 돌아오
리라 기대하지 않던 사람들이 나를 보고 놀라며 재회의
기쁨과 작별의 아쉬움이 뒤섞인 환호성을 질렀다. 나는
파리로 발령이 나 있었다. 몇 시간 뒤 군에서 마련해준
가장 빠른 배편에 탑승하려고 오랑으로 돌아왔다.

　내가 그처럼 엉뚱하게 행동한 이유는 귀환의 경험을
놓치고 싶지 않았기 때문인 것 같다. 프랑스로 돌아오
는 일이 진정한 귀환이 되려면 알제리를 떠나는 일이
진정한 이별이어야 했다. 발령 소식을 듣자마자 며칠
전 동기의 얼굴에 어린 해방감이 가슴 깊은 곳에서 차

오르는 것을 느꼈다. 생트바르브뒤틀렐라에서 할 일도 없이 따분하게 하루하루를 때웠지만, 마지막 몇 시간은 진심으로 행복했다. 이제 그 시간은 내가 주도권을 잡고 의식적으로 보낸 시간으로 기록됐다. 며칠 뒤 나는 프랑스로 돌아갈 것이다.

나는 처음으로 삶이란 흐름에서 예외적으로 다소 어설펐던 경험을 다시 해보는 기회를 가졌다. 최근까지 삶에서 길동무가 돼준 사람들에게 작별 인사를 하는 일이다(그 누구도 앞으로 다시 만날 일은 없겠지만). 그제야 조금씩 지나간 날들과 거리를 두고 알제리에서 마지막으로 체류한 곳에서 멀어지는 느낌이 들었다. 마치 곧 탑승할 선박의 갑판에서 오랑 시의 흐릿한 형태가 어두운 밤으로 희미하게 사라지는 모습을 바라보게 되듯이 말이다.

#6

우리는 누구나 사랑, 일, 공부에 관한 '첫 번째 경험'이 있다. 첫 번째 경험은 한 시기를 여는 출발점이 되기 때문에 기억에 남는다. 이 기분은 꽤 강렬해서 시간이 흘러도 퇴색되지 않고, 살면서 접하는 환멸이나 포기, 체념의 유혹에도 오래 남는다.

인류학자에게 이 주제는 이중으로 민감하다.

먼저 인류학자는 '첫 현지 조사지'에 대한 강렬한 기억을 평생 간직한다. 그것은 그가 모든 것을 배우고, 분석과 사유를 위한 근본적 지표로서 끊임없이 되돌아가는 입사적 경험이다. 나는 1965년에 인류학자로서 경력을 시작했다. 당시 해외과학기술연구소ORSTOM 인문

학부를 이끌던 장 루이 부틸리에가 코트디부아르의 주요 해안 마을인 자크빌에 어떻게 나를 데려갔는지 《La Vie en double이중의 삶》에서 기술했다. 그에게 행정기관을 대하는 요령을 배웠다. 하지만 나는 그보다 우리가 석호를 건너던 모습이 뚜렷하게 기억에 남았다. 장 루이 부장이 고속 전동 모터를 탑재한 피로그(전통 카누)를 예약해둔 덕분에 무사히 이동했다. 석호를 가로질러 바다와 석호를 구분하는 좁은 사주, 알라디안 해안에 이르니 달뜨면서도 약간 걱정스럽게 내가 인생에서 새로운 단계로 넘어섰고, 평생 기억에 남을 시작을 곧 경험하게 되리라는 것을 깨달았다.

두 번째로 인류학자는 의례 행위를 전문적으로 연구한다. 모든 의례는 과거에 충실하고 전통적인 고유의 규칙이 있다. 그러나 의례가 성공하려면 집전자와 참석자에게 시간이 다시 시작된다는 기분을 불러일으켜야 한다.

시작이 의례의 목적이다. 시간은 반복이 아니다. 우

리는 흔히 아무것도 바뀌지 않았다는 뜻으로 "또 시작이네"라고 한다. 하지만 이 말은 동사 '재개하다'를 좁은 의미로 사용한 표현이다. 마찬가지로 예상 가능한, 반복적 행위를 우리는 "의례적이다"라고 말한다. 이때 의례에는 '개시'의 의미가 없다. 재개하다는 본래 '새롭게 시작하다' '최초를 경험하다'라는 뜻이다. 위대한 정치가들은 이 점을 간파하고 자기들이 뭔가 시작한다는 인상을 주려고 노력한다. 그들은 그런 시도가 무산되어 사람들을 실망시키더라도 최소한 희망을 품게 한 기억을 남기리라는 것을 알고 있다.

몰리에르의 동 쥐앙이 '피어나는 호감'의 매력에 빠졌다고 할 때, 그는 어떤 계산이나 전략도 없이 '사랑에 빠지다'라는 표현으로 옮겨지는 순간을 순수하게 경험한다. 동 쥐앙은 스가나렐에게 많은 것을 털어놓으며, 다양하고 심지어 상반된 이야기를 한다. 희곡 평론가들은 주로 이중에서 가장 명확하고 눈에 띄는, 그러니까 연애 전략과 정복의 쾌감에 관한 묘사를 다룬다.

수많은 찬사로 아름답고 젊은 여인의 마음을 사로잡고, 매일 조금씩 내게 넘어오는 모습을 바라보고, 순수하고 정숙한 영혼이 단단히 쥐고 있는 마음의 빗장을 열정과 눈물과 한숨으로 풀고, 그녀의 가녀린 저항을 조금씩 무너뜨리고, 그녀가 명예로 여기는 신중함을 내려놓게 해 우리가 바라는 곳으로 그녀를 조심스럽게 이끌고 가는 일이 주는 최고의 달콤함을 맛본다.

동 쥐앙은 스스로 '정복자'이길 바라고 자처한다.

이 사안에 관해 나는 정복자의 야심을 품고 있다. 정복자는 영원히 승리에 승리를 거듭하고 바라는 게 있으면 물러서지 않는다.

하지만 무엇보다 흥미롭고 주의를 사로잡는 것은 첫 번째 순간, 즉 '매력'(당시 이 단어는 마법사의 마술을 연상시키는 강한 어감으로 쓰였다)이 의식적인 의지를 마비시키는 기적의 순간이다.

결국 피어나는 호감에는 설명할 수 없는 매력이 있다.

유혹하기 시작해 미묘한 심리 게임이 진행되기 전의
한 시점인 이 순간은 기억에 남게 마련이라, 도발적이
면서 자기가 바라는 자신의 모습에 충실한 동 쥐앙은
엘비르에게 이런 감정을 내비치고 만다.

결말이 비슷하고 평범한 진실이 담긴 익숙한 각본이
등장하면 사람들은 반복되는 일에 흥미를 잃는다. 하지
만 상투적이고 반복되는 것의 대척점에 있는 순간은 모
든 시작이 간직한 고유의 시적 정취를 오롯이 드러낸
다. 동 쥐앙은 만족할 줄 모른 채 지치지도 않고 초반의
격정적인 감정을 좇는다. 그에게는 언제나 첫 번째 경
험이 중요하다. 그는 새로운 만남과 첫눈에 반하는 순
간을 누리는 주인공이다. 장기간에 걸쳐 이어지는 사랑
을 감당할 수 없는 그는 첫눈에 반하는 순간 외에는 단

호하게 끊어낸다. 그가 입을 열어 유혹의 대사를 흘려보내기 시작하면 마법은 풀린다. 우리는 수천 번 들은 식상한 말을 또 듣는다. 강렬하면서 덧없는 독특한 매력을 발산해 상대방을 무장해제 시키는 새로운 몸짓과 낯선 시선이 나타나는 시점까지 그는 자기가 맡은 역할을 연기한다.

공동체적 삶과 정치적 삶은 물론 개인의 연애사에서 일어나는 모든 사건에서 우리는 최초의 신선함이 퇴색되는 데 예민하게 반응하며, 때로 그 원인을 타인의 단점이나 배신 탓으로 돌리려고 한다. 그러나 적당한 거리를 두고 가만히 바라보면 (아마 이게 더 심각한 일이겠지만) 그저 시간의 작용으로 벌어진 일이자, 크나큰 향수를 불러일으키는 일종의 쇠락이나 생물학적 노화에 가까운 현상임을 알 수 있다. 1789년 프랑스혁명, 파리코뮌, 1936년 인민전선, 파리 해방, 1968년 5월 혁명 등은 새로운 시작의 동력을 잃었지만 여전히 기념되고 찬미된다. 이런 관점에서 역사는 무산되거나 완성되지 못한 '첫 번째 경험들'에 상응하는 일을 다시 벌이려는 끝없는 노력이 아닌가 싶다.

성공한 축제란 한순간에 불과할지라도 새롭게 시작한다는 감정을 다시 빚어낸 축제. 그런 점에서 성공한 축제를 무질서한 상태, 역할 전도와 연관 짓기도 한다. 우리는 카니발을 즐겁게 보내고 나서 '시계를 정시에 다시 맞추'(질서의 이미지)거나 '계측기의 영점'(재설정의 이미지)을 조정한다. 이렇게 시간을 대상으로 삼는 게임은 아리스토텔레스가 비극에 내재됐다고 설명한 카타르시스 개념과 비슷하다.

나는 극장에서 옛날 영화를 다시 관람하는 걸 좋아한다. 다시 본 영화는 과거와 기억을 독특한 방식으로 변주한다. 먼 과거에 접한 뒤 기억하고 있다고 생각한 이미지는 세월을 뛰어넘어 끝내 살아남았음에도 기억과 망각이 복합적으로 작용해 변형되어 있다. 그래서 영화를 처음으로 보고 시간이 흘러 다시 보는 일은 묘한 경험이 된다. 우리가 영원히 기록됐다고 인지하는 이미지, 그러니까 변하지 않은 과거의 이미지와 역으로 대면하는 일이기 때문이다. 이 이미지들은 변하지 않았다는 사실만으로도 우리를 놀라게 할 수 있다. 다시 본 영화에서 그동안 잊어버리고 있던, 정확히 말하면 기억으로 변형된 사소한 점들을 재발견하는 때가 있는 것처럼 말이다.

기억은 예전에 녹화된 이미지가 동일하게 상영되고 있음에도 계속 그 이미지들을 재창조하고 재현한다. 그리고 우리는 매번 처음 보듯이 이야기의 고유한 흐름에 빠져든다. 옛날 영화 다시 보기는 기다림의 쾌감과 추억의 즐거움을 동시에 경험하는 일로, 우리 삶에서는 이런 기회가 절대로 주어지지 않는다.

이렇게 처음 접했을 때의 매력을 얼마간 고이 간직한 영화가 몇 편 있다. 마이클 커티즈의 〈카사블랑카〉를 열두 살 때 처음 봤다. 처음 본 영화는 아니지만, 다른 책에 썼듯이 내가 시간과 망각, 변함없는 사랑, 허구의 산물이 빚어낸 기억에 관해 사유하게 만든 첫 번째 경험이었다. 〈카사블랑카〉 속의 기다림, 위기, 도주를 다룬 장면은 나의 유년기에 깊은 인상을 남겼다.

전쟁이 끝날 무렵, 사춘기를 앞둔 시점에 나는 이 영화를 다시 봤다. 그 후 이 영화는 최초의 감동을 환기하는 추억이 됐다. 일종의 근원 설화가 되어 신문에서 〈카사블랑카〉 상영 소식이 눈에 띈 날이면 끊임없이 다시 시작되는 '첫 번째 경험'을 기념하는 나만의 의식을 치르기 위해 라탱 지구Quartier latin를 걷는다.

다른 영화도 상영 스케줄에서 우연히 본다면 내게 이런 영향을 줄 것 같다. 이를테면 〈밤의 방문객〉에서 '악마'로 분한 쥘 베리의 늘어지는 목소리나 〈하이 눈〉에서 게리 쿠퍼의 외로운 기다림에 깃든 비가를 다시 접하면 좋겠다. 나를 기다리는 소소한 행복이 이렇게 많다. 지금 곧 누릴 것이라는 기대감으로 즐기고, 언젠가 다시 찾을 첫 번째 경험이 주는 행복이다.

#7

동 쥐앙은 새로운 만남과 첫눈에 반하는 순간을 누리는 주인공이다. 그 점에서 그는 기괴한 반전과 놀랍도록 우연한 사건이 급속도로 뒤얽혀 펼쳐지다가 결말에 이르는 이야기, 괴기소설과 공상과학소설을 조합한 모험담의 주연이다. 몰리에르의 동 쥐앙은 지금 모습으로 애니메이션의 주인공이 될 수도 있다. 그가 독자나 관객의 마음을 사로잡았다면, 지치지 않고 새로운 누군가를 만나는 능력도 한몫했을 것이다. 그는 여인들을 유혹할 뿐만 아니라 유령에게도 도전장을 내미는 지경이다. 거지를 만나는 장면에서는 구걸의 고통을 다 이해한다는 듯이 처음에 유혹의 미끼로 내민 루이 금화를 던져주며 '인류애'를 명목으로 더는 아무것도 요구하지 않겠다고 한다. 몰리에르의 용기 혹은 경솔함에 대해 많은 것을 알 수 있는 놀라운 대목이다.

반성할 줄 모르고 지치지도 않는 유혹자인 동 쥐앙과 정반대로, 충직함과 지복을 동시에 구현한 필레몬과 바우키스는 오비디우스의 작품 속 인물이다. 필레몬과 바우키스는 이별에 대한 두려움, 죽음이 아니라 사랑하는 사람을 먼저 떠나보내고 살아남아야 하는 두려움을 제외하고는 평온한 인물이다. 제우스는 낯선 이들을 환대하는 법을 알고 행한 프리기아인 부부에게 한날한시에 죽어 한 밑동에서 올라온 두 나무(참나무와 보리수)로 함께하는 선물을 내렸다.

제우스가 인간의 모습으로 산책하러 나왔을 때, 교차로와 무역과 상업, 도둑질의 신 헤르메스와 동행했다는 점을 짚고 넘어가야겠다. 그들은 누더기를 걸친 방랑객 행색으로 마주치는 이들의 인간성을 시험했는데, 모두 다 이들을 집에 들이지 않았다. 이 이야기의 교훈이자 많은 여타 민담에서 전하려는 깨달음은 낡은 옷을 입고 구걸하는 사람들을 조심하라는 것이다. 그들이 신일지도 모르니까! 오비디우스의 시에 숨은 또 다른 교훈은 서로 사랑할 줄 아는 사람들만이 타인도 열린 마음으로 대한다는 점이다.

'연인들은 세상에 자기들뿐이다'라는 노랫말에는 사랑에 눈이 먼 연인의 역설이 들어 있다. 사랑이 유지되는 한, 세상에 자기들뿐인 연인은 주위에 행복한 기운을 전달한다. 아마 이 환상을 잔인한 삶이 곧 부정할 순간이 오겠지만. "뭐가 중요하냐고요? 당신이 절 사랑한다면 그 밖의 세상에는 관심 없어요"라고 에디트 피아프가 노래했듯이, 사랑하는 감정이 불러일으켰다고 생각되는 세상에 대한 일종의 무관심은 자비심과 관대함으로 이뤄져 있다. 진정한 고독, 감내해야 하는 고독은 사랑이 끝나면서 시작된다.

그런 점에서 사랑은 맹목적이지 않다. 육신이 있는 사람에 대한 사랑은 신화가 되더라도 맹목적 사랑이 될 수 없다. 눈이 먼 사랑으로 묘사되는 무모한 사랑은 사실 우리로 하여금 세상에 눈을 뜨게 한다.

눈이 먼 사랑은 얼마나 지속될까? 1초도 안 될까, 아니면 영원히 지속될까? 돈 쥐앙이 맞을까, 필레몬이 맞을까?

만남에서 비롯된 행복한 순간은 감각이 깨어나고 감정이 폭발하면서 시작되는데, 그 후로는 마음의 준비도 할 수 있다. 스탕달은 뤼시앵 뢰방이 드 샤스텔레 부인에 대한 '호감이 피어나는 순간'에 느끼는 가늠할 수 없는 행복을 묘사했다. 두 사람은 석양빛이 나뭇가지 사이로 비춰 나무 아래를 밝히는 순간에 모차르트의 왈츠를 연주하는 호른 소리가 들려오는 낭시 근교의 여인숙 '샤쇠 베르'의 정원을 두 차례 거닐었다. 뤼시앵은 드 샤스텔레 부인이 팔을 자신의 팔에 기대는 것을 느꼈다. 예외적인 이 순간에 모든 감각은 예민해졌다. 두 번째 산책이 끝날 무렵, 뤼시앵은 사람들에게 펀치를 권하고 친구들과 대화를 나누기도 했지만, 다시 자신의 팔을 빌린 드 샤스텔레 부인과는 말없이 두 사람을 하나로 엮어주는 침묵을 만끽했다.

결이 좀 다른 이야기를 살펴보자. 루소는 비엔 호수 근처의 섬에서 자신을 황홀하게 만드는 자연을 관찰했다. 어떤 의미에서 루소는, 연주자들에게 연주를 계속해달라고 요청하거나 펀치를 주문하는 등 어떤 행동을 취하기 전에 아름다운 장소와 여인의 존재가 불러일으킨 감정의 매력에 시나브로 빠져들던 스탕달의 소설 속 주인공 뤼시앵이 거쳤을 단계를 정반대로 밟았다. 루소는 몇 년이 지나 생피에르 섬에서 맛본 행복을 회상하며 그 감정을 분석해보려고 했다.

그는 먼저 섬의 전반적인 아름다움을, 호숫가로 내려가기 전에 높은 곳에서 보던 장엄한 풍경을 언급했다.

물결이 거칠어 호수로 배를 띄울 수 없을 때는 식물 채집을 하느라 섬을 누비며 오후를 보냈다. 편안하게 느껴지는 구석지고 고립된 곳에 앉아 마음 가는 대로 몽상을 하고, 돌담과 언덕에서 웅장하고 매혹적인 호수와 호숫가를 눈으로 훑기도 했다(…).

그리고 그가 몸을 뉘던 곳, 밀려오고 밀려가는 물의 규칙적이고 최면을 거는 듯한 소리가 주는 안정감 등을 상세히 묘사하며 어떻게 지냈는지 적었다.

저녁이 다가오면 나는 산꼭대기에서 내려와 호숫가의 모래톱에 아무도 모르는 몇몇 은신처로 찾아가 앉았다(…).

물이 출렁이는 규칙적인 리듬에 몸을 맡긴 채 점차 모든 상념은 털어내고, 그저 이 순간 존재하는 감각에 집중했다.

호수의 파도가 밀려오고 밀려가는 소리, 이따금 커지면서 한결같이 이어지는 파도 소리는 내 귀와 눈에 와 닿으며 가라앉힌 내면의 움직임을 몽상으로 대신했고, 저도 모르는 사이에 존재의 기쁨을 맛보게 했다.

사회생활에서 벗어나 고독한 존재로 도피한 것처럼 보이지만, 이 또한 행복한 만남이 있었기에 가능했다. 루소는 1765년부터 생피에르 섬에서 화기애애하게 살았다. 그에게 섬의 식물에 대해 알려준 세금 징수원 엥겔이 머무는 베른병원 내 저택이 섬에 있는 유일한 집이자, 그의 거처였다. 1762년에 머문 모티에에서는 알렉시 뒤 페이루를 만나 친구가 됐는데, 그 후 계속 편지를 주고받았다.

루소는 많은 사람의 적대심을 불러일으키는 성향을 보완하듯 친구를 사귀는 능력이 있었다. 지라르댕 후작의 에름농빌 성에서 말년을 보낸 것도 이 능력 덕분이다. 그는 그곳에서 《고독한 산책자의 몽상Les Rêveries du promeneur solitaire》을 집필하며 비엔 호수에서 보낸 행복한 순간을 회상했다.

우리는 저녁을 먹고 날씨가 좋으면 함께 대지를 몇 바퀴 산책하며 호수의 맑은 공기를 들이마셨다. 정자에서 쉬며 웃고 이야기를 나누고, 요즘 가사에 뒤질 것 없는 옛날 노래를 불렀다. 그러고 나서 만족스럽게, 내일도 오늘만 같기를 바라며 잠자리에 들었다.

루소는 행복하기 위해 단순하고 진솔한 우정이 필요했다. 스탕달의 소설 주인공은 사랑에서 비롯된 행복이 필요했고, 덕분에 그들은 주위 사람들을 편안하고 호의적으로, 경우에 따라서 관대한 시선으로 바라봤다.

어찌 됐든 행복한 감정은 물리적인 확신으로 다가온다. 루소나 스탕달 소설 주인공의 안녕은 내면의 평화와 주위 환경의 조화, 본질적으로 약하고 덧없지만 추억을 남길 이런 조화에서 비롯된다.

다른 맥락에서 루소가 스탕달의 작품에 미친 영향은 수없이 많고, 소설적 허구 속에 녹아들었다(이야기가 진행되는 중에, 특히 행복에 관한 이야기가 나오는 부분에서 스탕달

이 직접 등장하긴 하지만, 뤼시앵 뢰방은 소설 속 인물이다). 이렇듯 뤼시앵은 이탈리아로 부임하러 가는 길에 에름농빌에 들러 바렌 부인이 쓰던 침대를 구입한다. 알다시피 스탕달은 루소를 비판하면서도 어떤 존경심을 느꼈는데, 때로 이 존경심은 정체성의 혼란을 가져오기도 했다.《La Vie de Henry Brulard앙리 브륄라르의 생애》에는 우유부단한 성격을 털어놓으며 여자들에게 별반 인기가 없다고 말하는 루소의 고백을 연상시키는 장면이 나온다.

그래도 스토아학파 현자에 가까운 루소와는 분명 차이가 있다. 루소가 불안정한 떠돌이로 살아야 하는 시간에도 평온한 은신처에서 영혼의 고요를 추구하길 바라는 반면, 스탕달 소설 속 주인공은 언제나 서슴없이 이 모험에서 다른 모험으로, 사랑이나 죽음으로 뛰어들었다. 물론 스탕달 작품의 주인공은 시간이 멈췄을 때 사랑으로 행복한 순간을 맛보지만, 그들은 언제나 움직이고 있다. 그렇다고 해도 사람들이 나비를 채집하듯 여인을 수집하며 정복욕에서 비롯된 유혹의 욕망으로 첫 만남의 설렘을 금세 지워버리고 마는 동 쥐앙의 덧없는 감정을 찾아다니는 모습과는 다르다.

　문학 속 이야기는 이처럼 시간과 행복을 대하는 태도가 헤아릴 수 없이 담긴 보고寶庫다. 날것의 감정과 거리를 두면서도 그 감정을 타인에게 들려주려고 노력하는 글쓰기는 그런 점에서 볼 때 탐색의 대상이자 탐구의 수단이다. 그리고 글쓰기는 어느 시점에 그런 기적을 이뤄낸다. 글쓰기를 통해 분석하고 재구성한 것을 익명의 독자들이 경험하게 하면서 느끼는 환희, '글쓰기의 기쁨'이 '독자의 행복'이 되는 순간에 느끼는 감사(이 말의 이중적 의미에서)라는 기적 말이다.

#**8**

노래를 즐기는 민족은 행복한 민족으로 여겨지곤 한다. 건물 외벽에 설치된 비계에서 한 도장공이 목청을 뽑다가 지나가는 아리따운 아가씨를 보고 그 선율이 감탄이나 휘파람으로 변하는 장면이 떠오른다. 물론 시대에 뒤떨어진 그림이라는 점은 인정한다. 샹송 가수 모리스 슈발리에가 "정말 프랑스식이군!"이라고 이기죽거리는 소리가 들린다.

파리 해방 당시 모든 사람이 노래하고 많은 사람이, 아니 많은 남자가 거리에서 휘파람을 불던 행복한 순간을 기억한다. 1930년대에 유행한 라디오 노래 경연 프로그램을 처음 시도한 생그라니에는 1945년 〈우리 동

네에서는 노래를 불러요〉를 진행했다. 매일 방송한 이 프로그램의 주제곡은 프랑시스 블랑슈가 작곡했는데, 파리 전역에서 사람들이 귀에 꽂히는 후렴을 불러댔다. "플룸, 플룸, 트랄랄라, 우리가 부르는 노래예요, 우리가 부르는 노래요… 플룸, 플룸, 트랄랄라, 우리 동네에서는 이런 노래를 불러요." 나는 열 살이었지만, 그때 유행가가 파리에 퍼뜨린 흥겹고 들뜬 분위기를 분명히 기억한다. 1946년에는 프랑시스 블랑슈가 노랫말을 쓴 '행복의 상송'이 즐겁고 기쁜 분위기에 감상적인 요소를 더했다.

불쑥 콧노래를 흥얼거리는 모습은 우리가 통제하지 않은 충동이 내포한 특성, 그러니까 불현듯 생겨나고 해방감을 주는 특징을 잘 드러낸다. 후렴이 나오면 어제와 내일의 일상 이미지가 펼쳐지던 화면이 정지하고, 시간이 비상을 멈추고, 리듬의 변화를 예민하게 감지한 청자는 의식을 비우는 흐름에 동화된다. 그 순간에 후렴은 단순한 리듬이나 라임이나 멜로디가 아니다.

오늘날 노래를 흥얼거리고 싶은 마음이 거의 들지 않는 건 그런 마음이 생겨나게 하는 고요함이 사라졌기 때문이다. 우리는 이제 고요함을 견디지 못한다. 적어도 소비사회를 대표하는 기업들은 라디오나 TV가 제공하는 모든 콘텐츠와 함께 우리를 적극 설득하는 광고로 우리의 고요함을 채우려고 한다. 요즘 파리에서 듣기 괴로운 드럼과 퍼커션 리듬이 점령하지 않은 비스트로를 찾기는 어렵다. 그나마 라탱 지구에 있는 몇몇 비스트로에서 철 지난 유행가, 가사가 들리는 샹송을 과감하게 틀어 성공을 거뒀다. 샤를 트르네, 바르바라, 세르주 레지아니, 자크 브렐, 질베르 베코, 이브 몽탕, 조르주 무스타키, 클로드 누가로, 조르주 브라상, 레오 페레를 비롯한 여러 가수가 그곳에서 새로운 전성기를 누렸다.

샹송은 내가 볼 때 평범한 행복의 원천이다. 샹송은 창작자와 사용자의 거리를 좁히는 모범적인 사례로, 무엇보다 그 곡을 유명하게 만든 가수의 목소리로 존재한다. 에디트 피아프는 자기가 불후의 명곡으로 남긴 샹송을 작곡하지 않았다. 싱어송라이터라고 다 작사가나 연주자는 아니다. 샹송은 세월이 흐르면 이처럼 작자미상이 아니라 만인의 것이 된 예술품의 반열에 오른다. 이를테면 빅토르 위고처럼 말이다. 그는 일급 작가지만, 소설 속 인물이 워낙 생생해서 그들을 창조한 작가와 무관하게 원래 실존하는 듯 느껴진다. 잘 부르든 못 부르든 어떤 노래를 부르는 사람은 그 노래를 자기 것으로 만든다. 노래를 부르는 몇 분 동안 그 사람이 노래의 작가가 된다.

비록 완벽하지 않고 어림짐작이라도 샹송과 유행가 구절을 노래하는 가정에서는 세대 간 유대 관계와 뜻깊은 추억이 형성될 수 있다. 우리 가족의 경험을 사례로 들어도 이해해주기 바란다. 우리 아버지와 할아버지는 동시대 서민층이나 프티부르주아에 속한 많은 남자가 그랬듯이 노래를 즐겨 불렀고, 나도 열심히 따라 불렀다. 뜻도 모르면서 다소 외설적인 가사나 이중적인 의미가 있는 권주가나 군가를 따라 부르는 모습에 어른들이 크게 웃으면 더 신이 났다.

우리 할아버지는 1880년생이고, 나는 1940년에 역사란 반복되는 것임을 금세 파악했다. 할아버지가 노래를 부르자, 어린 시절부터 그 노래를 들어온 아버지가 따라 불렀고 나도 동참했다. 스스럼없는 가족 모임에서 부르던 노래 중에는 호전적인 곡도 있었다.

너희는 알자스와 로렌 지방을 손에 넣지 못할 거야.
너희가 우리를 지배한다고 해도 우리는 영원히 프랑스인
이지.
프랑스 땅이야 점령할 수 있겠지만,
우리 마음은 절대 차지하지 못할 거야.

가족 내 분위기를 전투적으로 만들어가도 군대행진곡의 리듬에 이끌려 체제 전복적인 노래까지 이어 부를 때도 있었다.

경례, 17연대 소속 용맹한 군인들에게 경례를…

(…) 우리에게 발포했다면

공화국을 무너뜨리는 일이 되었겠지.

음악 취향이 폭넓은 할아버지는 내게 가요도 가르쳐 주셨다. 그 가요는 여전히 매혹적이고, 이따금 의식하지 못한 채 미소를 머금고 그 가사를 중얼거리는 내 모습에 흠칫 놀라기도 한다.

내가 작은 뱀이었다면,

오 그렇게 기쁜 일이 있을까!

부드러우면서도 힘차게 휘파람을 불었겠지.

당신 귀에 달콤한 말을 속삭였겠지!

할아버지는 이게 어떤 노래의 소절인지 한 번도 말해 주신 적이 없다. 최근에 인터넷 서핑을 하다가 이 구절이 알프레드 뒤뤼와 앙리 시보의 각본에 에드몽 오드랑이 곡을 붙인 오페레타 〈그랑 모골〉에 등장한다는 것을 알았다. 이 오페레타는 1877년 마르세유에서 초연됐고 1884년에는 파리 게테 극장 무대에 올랐는데, 주인공이 뱀을 부리는 여인이다.

할아버지는 에로틱한 노래도 즐겨 불렀다. 나는 할아버지 덕분에 일찍이 여자아이 치마를 들치는 바람에 관한 노래를 부를 수 있었는데, 지금도 가끔 그 노래를 흥얼거린다.

> 바람이 너의 분홍 치마를 들쳐
> 보여주는구나
> 섬세하고 여문 발목을
> 고혹적인 검은 스타킹 속으로
> 그래서 지나가는 사람이 알아챘을 것 같아
> 무언가를, 무엇인가를
> 네가 호락호락 보여주지 않을 것을.

인터넷에서 검색해보니 이 노래는 직업 이발사 에드몽 라가 꼼꼼히 기록해온 레퍼토리에 있는 옛날 가요로, 1870~1880년에 작곡된 것 같다. 할아버지가 이 곡을 어디서 들었는지, 아니 '꽂혔'는지 모르겠다.

한편 독일인이 작곡한 줄 몰랐던 '리라꽃 필 무렵'은 라일락과 봄이 여성적 감수성을 고양하는 방식을 알려준 고전이다.

> 내 것이 된 여자들은
> 매혹적인 봄에 취해
> 어리석은 짓을 하겠네.

애국심을 고취하는 노래, 오페레타의 일부, 여성적 매력에 대한 예찬 외에는 감상적인 주제를 좋아했다. 우리는 '하얀 장미' '사랑에 대해 말해줘요' '떠나가는 그대' 등 베르트 실바, 뤼시엔 부아예, 장 사블롱의 노래를 자주 불렀다. 그 후로도 자주 부르는 노래는 꾸준히 바뀌었다. 우리 부모님은 샤를 트르네("나는 노래하네, 밤낮으로 노래하네…")를 자주zazou(1940년대 프랑스에서 유행한 하위문화로, 미국 재즈에 열광하고 크고 유별난 옷을 즐겨 입는 청년들을 지칭한다.— 옮긴이)로 여겼는데, 떠올리기만 해도 질겁하면서 거리감을 담아 그렇게 불렀다. 툴루즈에서 태어난 할아버지는 브르타뉴 태생 할머니에게 정복당했다면서 클로드 누가로가 장밋빛 도시 툴루즈에 대한 찬가를 편곡하기 훨씬 전부터 '오 툴루즈'를 불렀다.

내가 지금까지 언급한 모든 선율과 노래 구절은 우리 가족의 발성 연습실, 그러니까 앞서 언급한 브르타뉴의 할아버지 댁 부엌이 떠오르게 한다. 나는 그 부엌에서 음악을 처음 배웠고('고전음악'을 배운 건 훨씬 나중의 일이다), 형편없는 기억력에도 그때 가족 모임을 즐겁게 이끌던 노래 몇 곡은 가사를 완벽히 외워 부를 수 있다.

내가 상송을 좋아하는 이유이자 감상 포인트가 되는 특색은 우수 어린 쾌활함과 후렴의 내려놓는 듯한 분위기다. 가사의 양가적 느낌을 확장하면서 샹송의 시적인 표현을 가능하게 하고, 마치 슬프지도 기쁘지도 않고 강렬할 뿐인 인생처럼 듣는 이가 뭐라 단정할 수 없는 감정에 빠지게 하기 때문이다.

샤를 트르네는 1971년, 그러니까 더는 '노래하는 어릿광대'라는 별명으로 불리지 않던 노년에 "충실하게, 충실하게, 나는 충실하게 살았네…"라고 노래했다.

추억하는 사람에게만 의미 있고 기억에 남는 사건과 장면(베지에 거리, 에밀리 이모, 몽토방에서 보낸 어느 여름날 저녁 등)이 3절에 걸쳐 펼쳐지고, 명랑한 톤으로 그래도 역시 이렇다고 결론짓는다.

충실하게, 충실하게, 왜 충실했느냐고
모든 것이 변하고 미련 없이 떠나가면,
트랩 위에 혼자 서서
사라지는 이런저런 세상을 바라보면,
물 밑으로 가라앉는 배들이

우리가 소망하던 것들을 같이 끌고 가는 모습을 보면,

우리가 한낱 그림자에 지나지 않는다는 점을 깨달으면,

다른 그림자들에게 영원히 충실해진다.

'충실하게'는 샤를 트르네 말고 다른 사람이 부르는
모습을 상상하기 어려운 노래지만, 우리가 이런 노래를
쉽게 기억하는 것은 그 노래를 듣는 순간에 고저와 강
약이 어우러진 음색과 연결시키기 때문이다. 모든 노래
는 추억이고, 그것이 노래가 부리는 마법의 힘이다. 그
추억은 삶의 여건과 성격의 비밀스런 구석이 빚어내는
개인적인 추억이고, 길모퉁이를 돌아서다가 혹은 라디
오 채널을 돌리다가 우연히 그 추억과 마주친 짧은 순
간에 그 노래에서 자기 목소리의 반향을 발견한 사람의
주의를 오롯이 사로잡는다.

뛰어난 마술사인 작사가들은 그 마법의 힘을 알고 있
다. 심지어 노랫말로 그 힘을 그려내기도 한다. "추억 속
에서 / 세 음이 멈추면"이라는 노랫말이 들리면 머릿속

에 맴도는 단순한 멜로디가 코라 보케르와 이브 몽탕의 목소리에 왈츠 리듬을 입힌다.

　　하지만 언젠가 아무런 예고 없이
　　그 음들은 기억 속으로 되돌아오리라⋯

　마술사들(여기서는 작사가 앙리 콜피와 작곡가 조르주 들르 뤼)은 시간을 환기하는 마술이 발휘하는 비밀스러운 매력을 이해하고 있었다. 대중은 그들의 이름을 기억하지 못하지만, 그들도 이 곡을 부른 가수만큼이나 다양하고 소소한 행복들, 그러니까 '아무런 예고 없이' 불쑥 등장하는 '그럼에도 불구하고 찾아오는 행복들'을 제공했다는 점에서 '인류의 은인'이라는 칭호를 받아 마땅할 것이다.

　다재다능한 마술사인 퀘벡 출신 싱어송라이터 펠릭스 르클레르는 이 책의 제목이 될 뻔했던 '작은 행복'이라는 노래를 1948년에 처음 불렀다. 이 노래는 샤를 트르네의 '충실하게'보다 먼저 인생에서 맞닥뜨리는 불가피한 일 앞에서 내려놓고 소신을 지키는 지혜라는 교훈을 담고 있다.

"해자를 따라" 버려진 채 울고 있던 작은 행복을 주워 왔는데, 그 행복들은 어느 쾌청한 날 아침에 "기쁨도 증오도 남기지 않고" 홀연히 떠나버렸네.

> 결국 이렇게 나를 위로했네.
> '내게는 인생이 남아 있잖아.'
> 지팡이와 비애와 고통과 허름한 옷가지를 주워 들고
> 불행한 이들의 나라에서 정처 없이 걸었네.
> 이제는 분수나 처녀를 보면,
> 멀리 돌아가거나 눈을 감는다네. (반복)

상송에 담긴 '지혜'는 가사보다 가사가 곡과 어우러져 빚어낸 전반적인 인상에서 엿볼 수 있다. 덧붙여서 우리는 하고 싶은 마음이나 욕구가 생겨야 그 곡을 부르거나 흥얼거린다는 점을 분명히 해둬야겠다. 샹송은 언제나, 누구나 부를 수 있고, 모든 샹송에는 인간이라면 누구나 짐작할 수 있는 감정과 마음가짐이 집약돼 있다. 그런 의미에서 샹송은 그 곡을 자기 것으로 소화한 사람의 것이다.

그 사람은 자기 경험이나 과거를 바탕으로 부지불식간에 샹송을 자기 것으로 소화했을 테고, 노래를 흥얼거리려는 욕구는 비루한 현실과 거리를 두려는 그의 마음이 발현된 것이다. 콧노래를 부른다는 것은 노래가 구현하는 인간 보편의 감정 속에서 덧없지만 오래 남는 행복의 한 형태를 알아보고 소망하고 이해하며, 동시에 초월하여 마침내 발견한다는 것이다. 예외적인 방식으로 시간을 경험한 것이기도 하다. 그렇기에 문득 다시 불린 샹송은 절대로 귀에 익은 유행가가 아니라, 불린 순간마다 새롭게 창조되는 곡이다. 대중가요는 개인에게 창작의 시간, 진정한 시작을 새롭게 경험하는 기회다.

칸토와
이탈리아의 풍미

#9

이탈리아 사람들은 여전히 '아름다운 노래', 벨칸토를 애지중지한다. 이탈리아 고유의 발성법인 벨칸토는 외국인 관광객을 호려 얼마간 팁을 뜯어낼 때도 활용되지만, 벨칸토 애호가들은 언제라도 관심을 갖고 공연을 감상한다. 토리노에서 1년 동안 머문 적이 있다. 카를로 알베르토 광장 부근에 살았는데, 그곳 레스토랑의 테라스는 밤이고 낮이고 만석이었다. 거리의 악사도 넘쳐났다.

실력이 형편없는 아코디언 연주자가 기억에 남는다. 그가 열심히 뽑는 돼지 먹따는 소리를 조금이라도 빨리 멈추게 하려고 사람들은 서둘러 몇 푼 쥐여 보내곤 했다. 광장 근처 주민에게는 매일이 고역이었지만, 아름다운 풍경과 경쾌한 주변 분위기에 이끌려 들른 방문객은 그곳으로 출근하다시피 하는 그의 불협화음에 훨씬 관대했다.

　그러던 어느 날, 광장 한구석에서 감탄 섞인 웅성거림이 들려왔다. 사람들이 모여들었고, 그 너머로 유명한 나폴리 민요를 황금 비단 같은 음색으로 부르는 남자의 실루엣이 눈에 들어왔다. "체 벨라 코사 / 에 나 유르네타 에 솔레…" 청아한 목소리에 또렷한 발음으로 집중해서 부르는 서두부터 사람들은 폭발적인 피날레를 기대하고 있었다. "오 솔레 미오", 거리의 파바로티는 한 치도 흐트러짐 없이 정점으로 뻗어 나가 고정 팬과 하루 저녁 감상객의 열화와 같은 박수를 받았다.

　그날 그 사내는 카를로 알베르토 광장 저녁의 매력에 크게 일조했다. 내가 어느 날 토리노에 들러 운 좋게 광장 레스토랑의 테라스에 앉아 다시 그의 노래를 들을 수 있다면, 또 한 번 강렬한 행복을 느끼리라.

이탈리아는 오페라이자 칸초네고, 푸치니이자 움베르토 토치고, 〈라 보엠〉이자 '티 아모'고, 서정적인 고음부이자 사랑스럽고 귀에 꽂히는 후렴인 나라다.

이 자리를 빌려 이탈리아 사람들과 이탈리아에 감사 인사를 전하고 싶다. 행복에 관해 논하는 책인지라, 친절한 동료들이 초대해준 덕분에 이탈리아 이곳저곳을 방문할 때마다 얼마나 행복한지 털어놓지 않을 수 없기 때문이다. 이탈리아로 떠나는 여행은 축제와 같다. 나는 이탈리아 여행으로 회귀의 기쁨, 만남의 행복, 지적 교류에 따른 자극, 눈부신 도시와 현지 음식의 풍미가 자아내는 감각적인 희열을 모두 만끽한다.

이탈리아를 사랑하는 이유는 차고 넘치고, 행복한 기억도 많다. 향수를 불러일으키는 게 아니라 이따금 어떤 약속처럼, 한 줄기 햇살처럼, 영혼이 눈을 떠 갑자기 평범한 일상에 생생한 색을 입히듯이 머릿속을 스쳐가는 추억이다. 그중에서도 음식과 관련된 추억은 강렬하게 남았고, 왕좌에는 파스타가 군림하고 있다.

자칫하면 큰 실수를 할 뻔했다는 점을 고백하고 넘어가야겠다. 프랑스 음식에서 면류는 큰 약점이다. 아니 심각한 결함이자, 끝없는 공백이자, 요리의 블랙홀이다. 물론 얼마 전부터 새로운 요리의 영향으로, 아마도 이탈리아 전통 식문화를 이해하는 폭이 넓어진 덕분에 상황이 다소 개선되기는 했다. 하지만 내가 어릴 때 면류는 요리라고 할 수 없는 것의 상징이었다. 면발은 물이랑 비슷하다. 무색, 무취, 무미인데다 물컹하고 약간 쩐득거려서 뭔지 모를 약을 먹는 기분이 들었다. 초등학생 때 쓰던 은어로 면발은 물렁한 성격과 굼뜬 움직임을 뭉뚱그려 폄하하는 욕이었다.

버터를 얹은 삶은 마카로니는 아이나 환자의 위에 부담을 주지 않으려고 마련하는, 그러니까 학교 구내식당이나 병원 침대에서 하는 수 없이 입에 넣어야 하는 음식이었다. 마카로니보다 더한 버미첼리(가느다란 서양 국수의 일종—옮긴이) 수프가 나오면 눈을 꽉 감고 뭉텅이로 퍼서 입에 쑤셔 넣었다. 제조사가 어떤 형태로 뽑아 어떤 이름을 붙여 출시하든, 어린 내게 면 요리는 오랫동안 아무런 식욕도 자극하지 않는 마카로니와 버미첼리의 사촌에 불과했다.

청소년이 되어 부모님과 처음으로 이탈리아를 여행한 기억이 또렷하다(우리 가족의 자랑스럽지 못한 일화를 또 언급하는 것을 용서하길). 레스토랑에서 누가 메뉴판을 설명해주니까 아버지와 어머니는 인상을 찌푸리며 "아니, 면발은 안 될 말이지!"라고 했다. 파스타를 좋아하는 내 취향은 집안 내력이 아닌 게 확실하다. 이 취향은 시간이 흘러 좀 더 믿음직한 인솔자와 함께 이탈리아를 둘러보고 이탈리아 요리를 먹었을 때 발견했다.

내게 요리와 우정은 떼려야 뗄 수 없는 것이다. 물론 혼자서도 훌륭한 음식이나 좋은 와인을 맛볼 수 있겠지만, 정겨운 사람들과 함께 먹고 마시면 그 기쁨이 배가된다. 친구들 사이에서 형성된 공감대와 미각의 즐거움이 상승효과를 나타내기 때문이다. 그래서 잘 차린 상을 대하는 기쁨을 이야기하는 일은 화기애애한 분위기를 고양하고, 때로는 짧지만 언제나 강렬한 만남이나 누군가의 인상을 환기하는 방식이 된다. 이 점에서 많은 이탈리아 친구에게 감사의 말을 하고 싶다. 더불어 그 자리에 변함없이 있으면서 언제라도 행복할 수 있다는 모습을 보여주고, 그렇게 생각할 수 있게 해줘서 고맙다는 솔직한 마음을 전하고 싶다.

이탈리아 요리와 파스타는 이 우정의 협약에서 상당한 비중을 차지한다. 특히 파스타는 막역한 이들에게 추천하는 음식이다. 어느 날 모데나에 사는 친구가 나를 차에 태우고, 무슨 비밀 작전이라도 펴는 듯이 교외에 있는 식당으로 데려갔다. 주인아저씨의 나이 지긋한 어머니가 어디서도 먹어볼 수 없는 파스타를 만들어, 오래전부터 유명한 곳이라고 했다. 오래된 단골과 추종자들이 얼마나 쉬지 않고 칭찬을 하는지 나는 그곳에 있어서 기분이 으쓱했고, 뿌듯함을 넘어 감동적이었다. 게다가 이탈리아에서 면류는 식사에서 무척 특별한 위치를 차지한다는 점을 강조하고 싶다. 면류는 프리모

피아토(첫 번째 접시라는 뜻으로, 주요리 전에 먹는 따뜻한 밀가루 음식—옮긴이)의 정수다.

프리미(프리모의 복수—옮긴이)는 사실상 하나의 제도다. 롤랑 바르트는 정찬 코스 구성과 코스별로 선택할 수 있는 요리가 문장에서 어절語節과 어미 변화의 관계와 같다고 했다. 프리미가 안티파스티 뒤에 나오는 것처럼, 프랑스에도 오르되브르 다음에 나오는 앙트레(전식)가 있다. 하지만 앙트레는 정찬 코스 구성의 하나로 복잡한 요리에 속한다. 일상에서 앙트레는 주요리와 동일한 정도로 다양하다. 이탈리아에서도 파스타까지 먹고 식사를 끝내거나 생선이나 고기를 먹으려고 파스타를 건너뛰는 경우가 있지만, 정찬 코스 구성을 무시하기는 어렵다. 메뉴판에 항상 안티파스티, 프리미, 세콘디, 돌체(디저트) 순서로 음식 이름이 적혀 있다.

반면 프랑스에서는 '오르되브르와 플라(주요리)' 혹은 '플라와 데세르(디저트)' 형태로 간소화된 구성이 좀 더 많이 눈에 띈다. 두 경우 모두 앙트레는 식사 과정에서 구분되는 순간이자, 정찬 코스 구성 요소에서 배제됐다. 앙트레에는 여러 조리법으로 준비된 생선부터 많은 음식이 해당될 수 있기에 레비스트로스의 표현을 빌리면 일종의 부유하는 기표signifiant flottant와 유사하지만, 이탈리아의 프리미는 기본적으로 면류나 리소토다. 프리미는 소스나 채소를 바탕으로 다양한 조리 과정을 거친 면류를 포괄한다.

프리미는 식사가 진행되는 과정에서 이상적인 중간자리를 차지한다. 그러나 알 덴테 파스타는 가벼운 요리라서, 허세 있는 웨이터가 '미장부슈'(쉽게 말해 '입맛을 깨우는 음식')라고 부르는 순서와 주요리 사이의 이상적인 가교로 허기를 가시게 한다. 면류는 식사하는 사람의 입맛을 그대로 유지하거나, 한 발 더 나아가 지속적으로 돋워야 한다. 하지만 면류는 워낙 다양하고 조리과정에 무궁무진한 재료(치즈, 고기, 생선, 갑각류, 송로와 기타 버섯, 채소, 길에서 딴 식물)가 들어가서 면류를 요리의 목적으로 보려는 경향도 있다. 내가 아는 이탈리아 여인은 이따금 저녁을 두 가지 면으로 먹는다. 그 여인은 천연덕스럽게 주요리와 프리미를 버무렸지만, 그렇다고 실수한 것으로 보이지 않는다.

그렇기에 면류는 근본적으로 양가적인 음식이다. 앞서 봤듯이 코스 메뉴를 단출하게 줄이는 과정에서 그 입지도 양가적이지만, 식감도 마찬가지다(잘못 익히면 불쾌할 정도로 흐물흐물해지기 때문에 단단하면서도 부드러운 식감을 유지하도록 끓는 물에 데쳐야 한다). 준비하고 익히는 과정의 기술이 면류를 요리로 인정할지 여부를 가늠하지만, 면류는 단순히 전체 식사의 풍미를 뒷받침하는 듯 겸손한 태도를 취하고 있다. 우리는 모두 지리적 위치나 특징, 식재료에서 이름을 따온 파스타(카르보나라 스파게티, 볼로네제 스파게티, 알리오 올리오, 봉골레 스파게티 등) 각각의 맛과 향을 떠올릴 수 있다. 파스타 연금술이 완성되면 뭔가가 생겨난다. 예술에서 그렇듯 부분의 합으로 환원될 수 없는 분위기 말이다.

파스타는 그 자체로 최상이고 완벽한 음식이지만,

파스타의 보편적인 사명은 기대감을 자아내고 식사를 계속하도록 이끄는 것이다. 이는 파스타가 사교적 역할을 한다고 바꿔 말할 수 있다. 식탁에서 나누는 대화는 사실상 식사의 리듬을 따라간다. 손님들은 보통 식사를 시작할 때 보이는 왕성한 식욕이 다소 진정되고 좀 더 편안하게 대화에 빠져들면서 파스타를 맛본다. 음식과 음료의 비중이 대화가 쾌활하게 이어지는 데 방해가 되지 않는다. 식사 중 가장 문명화된 순간이다.

익힌 것과 날것, 단단한 것과 무른 것, 단순한 것과 복잡한 것, 외국에서 온 것과 이탈리아에 뿌리를 둔 것, 그 경계선에 있는 파스타는 (상호 배제가 아니라 더 큰 어우러짐을 위한) 상반의 미덕과 문화 접변의 미덕을 동시에 설파한다. 민족학에서 이야기하는 '문화 전파'의 미덕뿐만 아니라 향토성의 미덕도 전달한다. 이탈리아 파스타는 평화적으로 세계를 정복했지만, 집안에서 내려오는 전통적인 방식으로 파스타를 만드는 가정이 이탈리아 각지 혹은 이민을 떠나 자리 잡은 세계 곳곳에 여전히 있다는 것은 바람직한 일이다.

파스타가 일반화 · 상업화 · 현지화되면서 언제라도 문제가 생길 수 있는데, 이런 위협에 맞서 파스타의 까다로운 요건과 탁월한 맛을 제대로 보여주기 때문이다. 파스타는 서투른 요리사가 성의 없이 다룬다면 언제라도 국수 가락으로 전락할 위험에 직면해 있다. 중요한 문제다. 앞으로 전 세계 파스타가 알 덴테로 남을지 말지 판가름하는 일이다.

그런 점에서 파스타는 여러모로 상징적인 음식이다. 심지어 나름 근거를 갖추고 지구와 인류의 미래를 걱정하는 이들에게 낙관적일 수 있는 이유를 제공하기도 한다. 파스타는 그럴 만한 자격이 있으니 음미하는 방법을 배워야 한다. 또 파스타는 자연스럽게 만들어지는 것으로, 그저 간단히 만들어내자고 생각하는 사람도 자신에게 주어진 책임을 알고 있다. 모든 면에서 파스타는 교육의 산물이다. 파스타를 음미하는 것은 진지한 정신과 즐거운 감각을 결합시키는 일이며, 전 세계 사람을 먹여 살리기 위해서 꼭 품질을 포기하지 않아도 된다는 점을 이해하는 일이다.

과거에 가난한 이들이 만들어 먹던 음식이 요즘은 스노비즘 영향으로 부유한 이들의 식탁에 오르는 경우가 더러 있다. 부자들은 그 음식에 담긴 보신 효과와 섬세함을 포착해 즐기는 반면, 현대의 가난한 사람들은 경제적인 이유나 여타 사정으로 제대로 먹지 못하는 형편이다. 더 가난한 사람들은 도처에서 굶주림에 시달린다. 우리가 가야 할 길은 분명하다. 굶주림에 허덕이는 이들에게 먹을 것을 제공해야 하고, 먹을 것이 충분한 이들에게 제대로 먹는 방법을 가르쳐야 한다. 야심 찬 두 목표가 성공적으로 어울리게 한다면 이상적일 것이다.

#**10**

우리는 흔히 기억에 스며든 풍경을 정확히 묘사하는 데 어려움을 겪는다. 풍경을 묘사할 때 우선 기억을 체계적으로 더듬고 자료를 참고하기도 하지만, 우리가 그려낸 모습은 머릿속 추억의 이미지와 비슷하지 않다. 이 이미지는 마치 이유는 알 수 없지만 순수하게 행복한 순간의 인상처럼 흐릿하면서도 사라지지 않는다.

이 풍경은 자발적이고 예측 불가능한, 그렇지만 의식에 오래 남는 기억의 산물이다. 그 풍경 안에서는 친숙하지만 아득한 이미지로 구성된 동일한 레퍼토리, 동일한 시퀀스가 되풀이되어 펼쳐진다. 그중에는 어린 시절의 흔적도 더러 있을 것이다. 우리가 어린아이였을 때 세상은 좀 더 컸고 색감은 좀 더 생생했기에, 우리 눈앞에 펼쳐지는 어떤 풍경은 내면에 커다랗게 각인됐다. 이런 최초 인상의 조각들은 시간이 지나도 우리 머릿속에 여전히 남아 있다.

이 최초 인상의 조각들은 문학적 소재로 쓰이기에 좋기도 하지만, 같은 이유로 많은 사람의 마음에 가닿는 소재가 된다.

> (…) 밧줄 끝으로 고개 내민 개양귀비 한 송이, 기름기 묻은 검은색 부표 위에서 그 붉은 불꽃 같은 꽃잎이 바람에 나부끼는 모습을 보자 가슴이 뛰었다. 마치 저지대에서 목수가 수리하는 난파된 배가 눈에 띄자마자 "바다다!" 하고 아직 바다를 직접 보지 못한 채 외치듯이 말이다.

1953년에 《잃어버린 시간을 찾아서A la Recherche du temps perdu》를 한 번에 완독했다. 단핵증('뽀뽀병'이라고

도 하며, 고열과 기침, 목의 통증 등을 동반한다. — 옮긴이)으로 집에서 쉬어야 했기에 쉽지 않은 경험을 할 수 있었다. 개양귀비를 다룬 이 유명한 단락을 인용한 이유는 이 부분을 처음 읽었을 때 내 안에서 전쟁 이전, 아마도 1938년 봄이나 여름의 어떤 이미지가 불현듯 떠올랐기 때문이다.

그날 (아직 파리에 살던) 할아버지 할머니가 나를 하루 맡아줬고, 할아버지는 할머니와 나를 소형 시트로엥에 태워 샹티이 근처로 데려가셨다. 이런 식으로 바람을 쐬는 일에는 남다른 특색이 있어서, 뒷날 세세한 부분까지 수없이 기억에 떠올랐다. 게다가 할아버지 할머니는 운전대를 잡겠다는 내 집요한 고집에 학을 떼셨다. 나는 그때 세 살이었다. 그날의 외출을 기억한다고 생각하지만, 어디까지 직접 기억하는 부분이고 어디까지 수없이 전해 들은 이야기인지 구분하기 힘들다.

프루스트 덕분에, 그러니까 〈스완의 사랑〉에서 개양귀비에 관한 단락을 읽으며 불현듯 그날의 황홀했던 순간, 차를 세우고 바람을 쐬는데 개양귀비 몇 송이가 밀밭 가장자리에서 바람 따라 춤추던 모습을 본 순간이 또렷이 기억났다. 그 꽃들이 왜 내 관심을 끌고 사로잡았다가 망각의 베일에 덮여 있었을까? 답은 모르지만, 프루스트의 책을 프루스트 식으로 읽다 보니 시간의 장난으로 잊었던 유아기의 감동과 풍경이 선연히 떠올랐다.

폐허와 연관돼 시간 감각을 완전히 상실한 또 다른 경험을 가끔 회상한다. 여행 정보 책자에 코를 박고 둘러보지 않는 한, 폐허는 우리에게 구체적인 과거를 재현해주지 않는다. 평범한 사람에게 폐허는 모든 생명의 흔적이 사라진 머나먼 과거를 암시하는 막연하고 비현실적인 대상에 불과하다.

1996년 과테말라 티칼에서 나는 '순수한 시간'을 경험했다. 마야문명의 거대한 피라미드가 우뚝 서 있는 숲속에서 동트기 전, 홀로 있던 시간에 나는 한순간 순수한 시간의 존재를 물리적으로 확실하게 느꼈다. 다른 수많은 피라미드가 묻혀 있는 위로 두껍게 덮인 수풀은 그 감각을 한층 강렬하게 만들었고, 나의 호흡 리듬은 시간의 존재에 자연스럽게 녹아들었다. 마치 숲이 개인이나 공동체의 역사를 모두 무로 돌려버린 듯했다. 그때를 돌아보면 양가적인 기억이 남아 있다. 몹시 예민한 인식의 순간이자 거리낄 것 없이 황홀한 시간이었고, 행복에 겨운 막간의 휴식이자 내게 눈길도 주지 않고 지나가는 동물들만 가까스로 내 주의를 끌 만큼 집중한 시간이었다.

폐허가 어떻게 폐허가 됐는지, 어떻게 점차 자연스러운 풍경으로 자리 잡았는지 궁금해진다. 하지만 다른 전개도 생각해볼 수 있다. 헤르쿨라네움과 폼페이 같은 도시는 화산 폭발로 멀쩡한 상태에서 뜨거운 열기에 타고 화산재와 화산암에 묻혔다. 18세기에 발굴 작업을 통해 우아하면서도 안온한 실내 생활양식이 드러났는데, 이는 귀족과 부르주아 계층이 지내는 저택의 가구 비치와 실내장식에 영향을 미쳤다. 보뇌르뒤쥐르는 이 영향의 결과이자, 고고학적 유물을 현대 양식에 따라 재해석한 대표적 사례다.

여행을 싫어하는 사람은 거의 없기 때문에 나는 새로운 풍경을 발견하려고 길 떠나는 이들의 마음을 십분 이해한다. 물론 여행은 산업이 됐고, 누군가는 이미지를 소비하고 다른 누군가는 그 이미지에 등장하며 세계의 불평등을 상징한다. 그러나 여행자의 호기심은 그 자체로 관심의 표상이며, 여행지를 냉소적으로 바라보는 여행자는 없다.

여행자가 수집한 다채로운 풍경은 광고와 인터넷, 여행지 사진첩이나 포스터와 상관없이 그 개인의 것이다. 이런 풍경은 모두 추억을 빚는 데 사용되지만, 개인의 어떤 기억도 유행이나 광고의 전횡에 일방적으로 휘둘리지 않는다. 풍경과 그 풍경을 바라보는 사람 사이에 아무 일이 일어나지 않고, 아무 말이 오가지 않기도 한다. 정반대로 매력에 빠지는 일도 있다. 어떤 풍경을 본 여행자가 그 풍경과 독점적인 관계를 구축하는 데 자신을 (주인이 아니라) 창작자나 창조자가 된 듯 여기는 것이다. 이런 연유로 어떤 작품들이 특정한 사람을 유독 더 사로잡는 것일 테다.

그래서 베스트셀러 소설을 화면에 옮기는 작업이 늘 까다로운 것이겠지. 풍경을 비롯한 등장인물은 독자의 상상에서 어떤 형태를 갖추게 마련인데, 그 형태와 다른 사람이 선택한 얼굴과 장소를 비교하면 상상이 깨진다. 아니면 반대 현상이 벌어지기도 한다. 어떤 작품을 꽤 오래전이나 지나치게 어릴 때 무척 서둘러 읽었다면, 영화의 이미지가 기억 속 가상 인물에 덧입혀서《적과 흑》의 쥘리앵 소렐은 제라르 필립의 모습으로,《전쟁과 평화》의 나타샤 로스토프는 오드리 헵번의 모습으로 박제된다.

영화 속 어떤 풍경은 관객의 기억에 깊은 인상을 남겨서, 그들이 실제로 어딘가 방문했을 때 얼핏 본 이미지와 섞이기도 한다. 자크 타티 감독은 〈월로 씨의 휴가〉에서 이 점을 예리하게 짚어냈다. 생마르크쉬르메르 해변은 브르타뉴 해안가의 다른 작은 만과 놀라울 정도로 비슷해서, 1953년 개봉 당시(나는 열일곱 살이었다) 나는 우리 가족의 오붓한 시간을 적나라하게 부감 촬영 한 장면을 보는 기분이 들었다. 나는 가족 별장에 휴가 온 소시민계급의 우스꽝스러운 모습을 애정 어린 시선으로 묘사한 장면, 오후 해변의 단조롭고 꿈꾸는 듯한 일상, 반듯하게 자란 젊은 여성의 금빛 실루엣 등을 알고 있었다.

더 정확히 말해 생마르크쉬르메르 해변에 간 적이 없지만 그런 모습을 알아봤다. 귓전에 맴도는 감미로운 주제음악이 영화 곳곳에 흐르고, 후렴이 브르타뉴에서 보낸 청소년기 휴가철의 매력과 묘한 권태를 동시에 연상시키는 '파리의 날씨는 어떤가요?'도 비슷한 향수를 불러일으킨다.

〈윌로 씨의 휴가〉는 이따금 다시 보고, 그때마다 새로운 즐거움을 느끼는 영화다. 나는 오래전에 품었으나 장시간 미뤄온 욕망에 사로잡혀 1995년에 드 라 플라주 호텔을 예약하고, 생나제르의 생마르크쉬르메르 해변으로 떠났다. 아무것도 변하지 않았음을 확인할 수 있었다. 그 장소들은 여전했다. 너무나 친숙하게 느껴져서 그곳을 처음 방문했다는 사실을 의식적으로 떠올려야 할 정도였다.

[#]**11**

루소는 우리가 곰곰이 곱씹어볼 만한 인물이다. 신뢰할 수 있고 호의적인 친구 지라르댕 후작의 집으로 재차 몸을 피한 루소는, 뇌졸중으로 갑자기 사망하기까지 마지막 두 달을 에름농빌의 평온한 분위기에서 《고독한 산책자의 몽상》을 집필하며 보냈다. 그는 모범적인 스토아주의자로서 쾌락과 구분되는 지속적인 지복 상태를 바랐다. 그렇지만 《고백록 Confessions》 6장에 "이곳에서 내 인생의 짧은 행복이 시작됐다"고 적었다. 바렌 부인의 저택에 도착한 이야기를 다룬 장이고, 이 시기는 방황과 불행으로 점철된 삶에서 황홀한 휴식기였다.

하지만 이 행복을 연장하거나 다시 느끼게 한 것은 글쓰기고, 그도 이 점을 잘 알고 있었다. "내가 바라는 대로 이 감동적이면서도 담백한 이야기를 길게 풀어 쓰려면, 매번 같은 이야기를 다시 하면서도 독자들을 반복된 이야기로 지루하게 만들지 않고 나도 끊임없이 다시 시작해서 지치지 않으려면 어떻게 해야 할까? 모든 이야기가 사실과 행동, 말로 이뤄졌다면 나는 어떤 방식으로든 그것을 설명하거나 옮겨 적을 수 있다. 하지만 내가 느끼는 것 말고 내 행복의 어떤 대상도 말할 수 없다면 말하지도 행하지도 생각하지도 않고 맛보거나 느낀 행복들은 어떻게 말할 수 있을까? (⋯) 미래에 내 흥미를 당기는 것이 더는 보이지 않는다. 오직 과거로 회귀하는 것만이 내 관심을 끌 뿐이다. 온갖 불행에도 불구하고 내가 말하는 그 시기로 생생하고 진실하게 회귀하는 것만이 나를 이따금 행복하게 한다."

사람들은 때때로《잃어버린 시간을 찾아서》와《고백록》을 비교하며 루소는 프루스트(프루스트는 루소를 '천재'

로 여기면서도 《잃어버린 시간을 찾아서》에서 한 번도 루소를 인용하지 않았다)와 다르게 진심을 담아 고백했다고 강조한다. 그렇지만 《고백록》에서 프루스트적 기억의 단초가 담긴 문단(루소에게 30년 전 바렌 부인과 산책한 것을 떠올리게 하는 빈카의 모습과 이름에 관한 단락 등)을 비롯해 모든 면에서 볼 때, 루소와 프루스트는 지나간 시간을 새롭게 되찾는 시간으로 생각하고, 지나간 시간에 대한 탐색을 모든 행복의 전제 조건으로 여기면서, 살아남기 위해 글을 써야 한다는 기본적 욕구를 품고 있었다. 프루스트는 루소와 마찬가지로 사교계의 '의무'를 포함한 사회적 구속에서 벗어나 글쓰기의 굴레에 자신을 가뒀다. 그는 글쓰기로 랭보가 말한 '진실한 삶'을 수시로 엿봤지만, 그 삶이 일상이 될 수 없는 탓에 불행과 비슷하게 느껴지는 침울한 권태에 빠졌다.

모든 사람이 작가는 아니지만, 누구나 자유로운 시간을 경험할 수 있다. 역설적으로 들리겠지만 우리는 나이를 먹으며 나이의 속박에서 벗어나 시간을 자기 것으로 만드는 법을 배우는 것 같다. 요즘은 많은 노인이 시간을 느긋하게 보내려고 노력하는 듯 보인다. 유럽의 중산층 노인은 여유가 되면 망설이지 않고 포르투갈이나 모로코의 햇살을 즐기러 간다. 노인들을 위해 마련된 공간에 머물기는커녕 활발하게 움직이며 '새로운 사람'을 만나는 등 은퇴를 해방이자, 더 나아가 모험으로 여기는 이들도 있다. 가끔 운이 좋은 경우에는 삶을 새롭게 시작하는 기분을 만끽하고, 뒤늦게 '첫 경험'의 즐거움과 감동을 체험하는데, 그 과정에서 그들은 '창작자'가 된다.

삶을 만들어간다는 표현은 은유가 아니다. 예술 작품을 창조하는 사람은 자기 존재를 뒤흔드는 감정을 겪기도 하는데, 독자가 눈앞에 놓인 작품에 매료될수록 그 작품에서 포착한 남다른 관점을 자기 것으로 소화하려고 애쓰는 것처럼, 삶의 방식을 바꾸는 모든 이들은 예술가와 동일한 감정적 고양과 고뇌를 경험하기도 한다.

뭔가 시작하기로 결심하고 실제로 시작한다는 기분을 느낄 수 있는 때는 많지 않은데, 은퇴는 생활 방식을 좌우하는 결정적인 순간으로 꼽힌다. 물론 이때 꽤 여러 가지 조건이 개입된다. 사람마다 피로도와 건강 상태가 천차만별이고, 이런 차이는 상당 부분 사회적 계층에서 비롯된다. 프랑스공화국의 대통령 선거에 출마하는 후보자의 평균 나이가 그를 선출하는 사람들의 퇴직 연령보다 높은 경우가 꽤 있다.

여타 조건이 동일하다고 가정할 때, 법이나 공적 합의로 퇴직 연령을 정한 것은 단연 우수한 사회제도이며, 퇴직은 한 개인이 시간을 그냥 흘려보낼지 아니면 다른 삶을 시작하고 곁길을 찾아볼지 선택할 수 있는 순간이기도 하다. 또 자기에게 주어진 시간의 주도권을 손에 쥐고 '자유 시간'이라는 표현의 의미를 십분 누려보는, 아마도 마지막 기회다. 나이 들어서 좋은 점은 누구나 자기가 간직한 기억과 상상, 추억과 꿈을 마음껏 탐색할 수 있는 시간이 생긴다는 것이다. 이 시간은 결국 예술적이거나 문학적인 창작의 시간이기도 하다.

그런 점에서 은퇴는 도전이기도 하다. 시간이 필요하다고 했나? 여기 있다! 이제 그 시간으로 무엇을 할 것인가? 이번에도 기력이 쇠해서야 퇴직한 사람들, 에밀 시오랑이 노망듦의 행복을 누릴 거라고 비꼰 노인들은 예외로 하자. 그 외 사람들 중에는 준비된 이들도 있다. 고전적인 사례로 어린 시절에 살던 마을에 집을 구한 이들이 있다. 마치 연어처럼 내가 온 곳으로 되돌아가서 예전에 비해 삶이 어떻게 달라졌는지 가늠해보는 것이다. 그들은 잠을 자거나 TV를 보기도 하고, 의식을 벼려 다양한 활동에 참여하기도 하는데, 자원봉사에서 공동체 활동까지 선택지는 무궁무진하다. 오랜 시간 품고 있던 계획을 실천하거나 외국에 자리 잡고 살려고 떠나는 이들도 있다. 은퇴 전에는 시간이 부족해서 못 한 일을 해서 업적을 남기려는 이들도 있다. 이를테면 여행을 떠나거나, 오래된 기록을 살펴보거나, 그때까지 친구들과 대화를 나누거나 우스갯소리를 주고받을 때 등장한 다소 막연한 꿈에 불과하던 일을 실행에 옮겨 성과를 내보는 것이다.

은퇴할 시간이 다가오면 우리는 모두 벽 앞에 선다. 지금이 아니면 영원히 하지 못한다는 선택의 벽이다. 이 벽을 넘는 사람들에게 대가는 즉시 나타난다. 그들은 적어도 자기 욕망에 충실하려고 노력했다는 점을 의식하게 되는데, 바로 거기에 유쾌한 기분을 유지하는 비결이 있다. 그런데 이런 시도에서 굉장한 성공이나 처절한 실패나 완벽한 체념은 거의 찾아보기 어려워서, 전반적으로 노인들은 충분히 건강한 상태라면 다른 세대보다 유쾌하다.

질병은 그 자체로 아름다운 승리를 가져올 수도 있는 전투의 장이다. 프랑스에서 벌어진 마지막 전투에서 나폴레옹이 그랬듯이 여러 차례 승리하더라도 언젠가(그래도 지금이 아닌 나중에!) 결국 퇴위하겠지만 말이다. 승리는 회복으로 각인된다. 침대에서 벗어나 소파에 앉을 수 있다, 다시 몇 걸음을 옮길 수 있다, 다시 바깥바람을 쐴 수 있다. 지켜야 할 지침이 생기긴 했지만 새로운 관점을 얻어 무의식적인 습관으로 보내던 일상에서 다시 소소한 행복을 맛볼 수 있는 기회를 잡아 마침내 집으로 돌아간다.

우리 아버지는 변덕이 심하지만 낙천적인 기질을 타고난 분이다. 여기서 의미를 조금씩 짚어보고 있는 '그럼에도 불구하고 찾아오는 행복들'에 민감한 내 성정도 아마 아버지에게 물려받은 것이리라. 아버지는 서른다섯 살에 파킨슨병 진단을 받았지만, 지금 생각해보면 그 병은 증상이 나타나기 수년 전부터 소리 없이 조금씩 아버지를 잠식하고 있었다. 의사들은 아버지가 열다섯 살 때 앓은 뇌졸중이 원인이라고 했다.

아버지는 내가 어릴 때 당신 인생의 대반전 드라마를 자주 들려줬다. 아버지는 보르도고등학교에 다닐 때까지 영특했는데, 어느 날 갑자기 머리가 멍해졌다고 했다. 아버지는 해군사관학교 1차 시험에 합격했지만 신체검사에서 떨어져, 이듬해 공과대학에 입학했다. 그러나 가족과 친구의 조언을 참고해 리옹에 있는 당시 국립세무대학 입학시험을 치르고, 2년 뒤 등기 등록관 겸 징세관이 됐다.

아버지는 이 이야기를 담담하게 했고, 특별히 씁쓸 해하지도 않았다. 리옹에서 주머니 사정이 넉넉한 학생 신분으로 학창 시절을 만끽했으며, 그 훌륭한 도시에서 맡은 '임시 행정직'의 특혜를 찬미하며 동기들과 '청년 의 삶'을 몇 달간 누렸다. 리옹에 가본 적 없는 어린 내 게 그곳은 젊은 시절 아빠가 아직 비틀거리지 않으면서 거리를 누비던 모습이 그려지는 신비로우면서도 친밀 한 도시였다.

아버지는 처음으로 발령 받아 부임한 프랑스 중부 코 레즈 주 라플로 시에서 보낸 시절에 대해서도 자주 이 야기했다. 부임 전에 어머니와 결혼했다. 고아인 어머 니는 가족 친구가 소개했다. 두 분이 라플로에서 보낸 몇 달에 대해 이야기를 나눌 때면 분위기가 약간 달뜨곤 했다. "이곳에서 내 인생의 짧은 행복이 시작됐다"고 시작하는 루소의 이야기가 아버지에게는 코레즈에서 보낸 시절을 떠올리게 할지 모른다고 가끔 생각했다. 아버지도 그렇게 술회했다. 우리 가족이 파리 시내 아파트로 이사했을 때까지 남아 있던 장서 중에서《고백록》양장본을 발견해 읽었다.

아버지나 어머니는 라플로에서 어떻게 살았는지 자주 들려줬다. 등기 등록관 겸 징세관은 공증인과 의사와 어깨를 나란히 하는 '명사'였다. 하지만 소박하고 처음 접하는 '사교 생활'과 더불어 그들에게 소중한 추억을 남긴 것은 오랜 시간 자연의 품에서 거닌 산책이었다. 여름이 끝나갈 무렵이면 풍성한 그물버섯을 따러 나선 기억을 상세히 묘사하는 이야기를 여러 번 들었다.

그 후 아버지는 내가 태어난 푸아티에로 발령 났고, 2년 뒤에는 파리로 자리를 옮겼다. 나는 아버지가 내가 태어나기 전 코레즈라는 낙원에서 지낸 시절이 행복했다고 어렴풋이 느꼈다. 아버지는 군 면제 대상자인데 파리로 부임하자마자 소집됐고, 소집 해제된 이후 병세가 급속히 악화됐다.

그때부터 아버지 일상은 나날이 고통스러웠지만, 낙천적인 성품 덕분에 삶의 즐거움과 친구들의 충실한 우정, 어머니의 헌신에 감사하며 살았다. 파킨슨병의 진행 상황을 감안해 인체 실험 대상자가 되기로 결정한 아버지는 1950년대에 처음으로 두개골에 구멍을 내고 전극을 삽입해 뇌 심부를 자극하는 외과 수술을 받았다. 당시 실험 단계에 있는 큰 수술이었지만 아버지는 경이로운 결과를 기대했다. 수술실 밖에서 대기하다가 침대에 실려 나오는 아버지가 지은 미소를 본 기억이 생생하다. 내게 내민 팔도 떨리지 않았다.

얼마 지나지 않아 기대는 무너지고 말았다. 첫 번째 수술 경과가 좋지 않았고, 두 번째 수술은 더 신통치 않았다. 그러나 아버지가 보인 승리의 몸짓을 나는 곧바로 알아차렸고, 그 모습은 영원히 잊지 못할 것이다.

덧없는 승리였지만 아버지는 한순간이나마 병마와

싸워 이겨내면서 아무것도 그냥 끝나지 않는다는 확신을 되찾았다. 병이 몸과 마음을 천천히 잠식하며 점차 자기를 잃게 만드는 상황에서 자신을 지각하고 되찾기도 했다.

아버지가 속수무책으로 무너졌을 수도 있는 시험에 부딪혀 이겨낸 힘이 어디서 왔는지 가끔 궁금하다. 기능 저하로 마침내 무감각해지기까지 아버지가 삶을 사랑하게 만든 것은 '작은 행복들'에 대한 꺼지지 않는 욕망이었다. 불현듯 예전에 자주 가던 곳을 돌아보고 싶고, 식탁에 앉고 싶고, 레드 와인을 한 잔 마시고 싶고, 익숙한 노랫가락을 흥얼거리고 싶고, 영화를 보러 가거나 여행을 떠나고 싶은 마음이 아버지가 당신의 상태를 잊고 나아가게 했다. 내게 아버지는 육신이라는 굴레에 갇혔지만, 살고 싶다는 열망을 품은 화신이었다. 그런 열망은 우리 주위에 산재한 작은 기쁨의 가치를 건강한 사람들보다 절절히 인식하고 있는 환자들의 특성이기도 하다.

나는 다시 정상이 된 손과 팔을 뻗으며 수줍게 미소 짓던 아버지의 표정을 절대 잊을 수 없다.

　나이가 들어 느끼는 행복을 알기 위해서는 나이가 많다는 것을 인정해야 하는 순간이 찾아온다. 깜빡한 나이를 다른 사람들이 일깨워주고, 자신은 건강하다고 생각하지만 몸이 여기저기 뻣뻣해진다. 버스에서 젊은 처자가 자리를 양보한다고 불쾌해하면 안 된다. 나이 든 게 사실이니 말이다. 노령의 특혜를 톡톡히 누리는 노인들이 버스나 지하철에 타자마자 주위를 쑥 둘러보는 것만으로 확실한 효과를 내던 시선, 청년들과 그보다 어린 아이들이 인생에서 여전히 살아남은 불행한 생존자에게 서로 도움을 주려고 경쟁하게 만드는 그 깐깐하고 요구가 많은 눈빛을, 머지않아 당신도 띠게 될지 모른다. 한동안은 선량한 청춘들이 벌이는 눈치 싸움이 재미있을 테지만, 곧 그마저 굼뜨다고 느낄 것이다. 그러고 나면 완벽한 노쇠의 시절이 온다. 조용하고 미소

띤 얼굴로, 누구든 베풀 수밖에 없는 도움 앞에서 한 발 앞서 눈짓 손짓으로 감사하며, 노년의 온화함으로 거역하기 힘든 우선권을 주장하는 시기가.

당신이 나이 든 것이 사실이어도 아직 실감이 나지 않는다.

당신은 나이 먹은 이래(실제로 나이가 당신을 먹었다는 점에서 흥미로운 표현이다) 타인의 시선이 변하는 모습을 무심히 봐왔다. 당신이 관찰한 첫 번째 변화는 다른 사람들이다. 노년이 된다는 것은 새로운 나라를 발견하는 것과 다름없다. 그 나라에 사는 사람들을 유심히 살피고, 당신을 자연스럽게 맞아주는 사람들과 다른 이들을 구분한다. 집으로 돌아가 푹신한 소파에 파묻혀 신문을 펴거나 컴퓨터 앞에 앉아서 인터넷 서핑을 할 때 당신은 몇 년 전과 다를 바 없다는 은밀한 확신을 품겠지만, 당신의 체력이 약해진 것을 살피는 지나친 관심이나 그 관심에서 느끼는 조바심에서 벗어나 혼자(그렇다, 혼자!) 있으려고 할 것이다. 당신은 지금까지 한 번도 겪어본

적이 없는 상태다.

당신은 당신을 사랑했고 당신도 사랑했지만, 지금은 볼 수 없고 이 세상에 존재하지 않는 이들을 이제야(아예 하지 않는 것보다는 낫다) 이해하기 시작한 것은 아닐까 돌아볼 것이다. 당신에게 자식이나 손주가 있다면, 부모님과 조부모님이 당신에게 어떤 존재였는지 떠올리고 당신도 아이들에게 그런 사람인지 슬며시 궁금해하며 과거에 비춰 현재를 살펴보는 즐거움을 누릴 것이다. 나이가 들어 누리는 행복 중에는 조부모와 손주 사이, 좀 더 포괄적으로 말하면 한 세대를 건너뛴 두 세대 사이의 특별한 관계에서 비롯되는 행복이 있다.

이 보편적인 인류학적 사실은 오늘날처럼 변화의 속도가 빠른 시대에, 관계의 소중함을 절실히 느끼는 노년층에게 실용적 지침이 될 수 있다. 우리 손주들은 각종 전자 기기의 기능을 설명하면서 내가 늙었다고 느끼게 만들지 않는다. 내가 그 아이들에게 현실의 다양한 면모를 가르쳐주려고 애쓰는 것처럼 그저 내게 알려준다. 나와 할아버지가 그랬듯이 우리도 동시대를 살아가는 사람이다.

마지막으로 하나만 짚고 넘어가자. 흔히 나이 듦은 피할 수 없는 종말, 죽음이 멀지 않았다는 인식에 사로잡히는 과정으로 묘사된다. 이 관점에서 볼 때 구원의 종교에 부여된 위안이라는 기능은 항상 (좋게 말하면) 놀라울 정도로 모호하다는 게 내 생각이다. 모차르트의 천재성은 최후의 심판이라는 생각에서 말미암은 공포심을 공들여 표현한 '레퀴엠'에 십분 표출된다. 일신교인 기독교가 오랫동안 그리고 여전히 영향력을 행사하는 까닭은 개인의 일생을 속죄를 위한 시험으로 정의하는 원죄라는 가정에 있다.

이 관점에서 플라톤과 기독교의 영향을 받기 전의 고대 스토아주의는 폴 벤느Paul Veyne가 세네카의 《De la Tranquillité de l'âme영혼의 평정에 관하여》에 쓴 서문에서 지적했듯이 건전하고 단조롭기 그지없었다. "스토아주의자들은 자아라는 새로운 대상, 공동체 의식과는 무관한 새로운 삶의 동기(자아의 이상)를 발견했다. 그들은 수치심, 죄책감, 초자연적인 대상(신의 결정을 실행에 옮기는 불사의 영혼)에 대한 존경심이 뭔지 알지 못했다. 그들은 신에게도, 공동의 윤리에도 따르지 않았다. 내세는 자기들이 신경 쓸 바가 아니었다." 세네카는 친구 세레누스에게 "우리가 떠나온 곳으로 되돌아가는데 괴로울 게 무엇이 있겠는가? (…) 우리는 때로 죽음에 대한 공포심으로 죽는다네"라고 지적했다.

나이가 들어 느끼는 행복은 이런 두려움을 지워주고, 덕분에 스스로 삶의 즐거움을 찾아 감사하게 해준다. 세네카는 "자주 과음을 해선 안 된다면, 이따금 해방감을 주는 환희에 도취되는 일도 해서는 안 될 것이다"라고 했다. 그리고 아리스토텔레스를 원용하며 "광기의 씨앗 없이는 어떤 천재도 세상에 등장하지 못했을 것"이라고 덧붙였다.

굳이 세네카를 읽지 않았어도 그와 비슷한 생각을 하는 이들이라면, 삶에는 어쩔 수 없는 것이 있음을 알 것이다. 이 앎은 우리에게 도움이 된다. 그렇지만 어느 연령대에서나 착취와 고통이 만연한 이 시대(혹은 좀 더 앞선 근대)에 행복을 고백하는 일은 (아무리 불확실하고 덧없는 행복이라도) 조금 멋쩍은 일이긴 하다.

나이는 우리에게 지금을 살라고, 흔히 말하듯이 '순간에 충실'하라고, 지금 이 순간의 모든 것을 누리라고 가르친다. 세네카는 (건강을 위해) 자연에서 산책하거나 (근심을 잊기 위해) 술을 마시라는 등 실질적인 충고를 덧붙여, 세레누스에게 자기 자신과 새로운 관계를 맺고 자기가 아닌 다른 인물을 연기하지 말라고 조언했다. 세네카가 젊은 세레누스에게 건넨 담백한 충고는 기분이 살짝 가라앉은 모든 사람에게 해도 좋을 것 같다. 항상 달아나는 현재가 유일하게 손에 잡히는 현실이라는 것을 나이가 듦으로서 깨달은 이들에게 세네카의 조언 따위는 쓸데없고 지당한 말에 불과하다는 게 노화가 준 행복한 결과다.

[#]에필로그

일상 속 행복의 목록은
끝이 없다

일상 속 행복의 목록은 끝이 없다. 불행의 목록도 마찬가지다. 그렇다고 행복을 나열함으로써 불행을 감출 생각은 없다. 인생에서 불행이란 무엇보다 가난이고, 가난은 고독과 질병, 피로, 권태를 낳거나 이를 악화시킨다. 삶에서 불행이란 자기혐오와 멸시로 이어지는, 타인들에게 거부당하는 경험이다. 삶에서 불행이란 재정적 풍요를 오만하게 과시하거나, 편협한 태도로 자기 종교를 강요하는 것이다. 삶에서 불행이란 어리석거나 잔혹하거나 이기적이거나 무심한 행동을 매일 목격하는 것이다.

그러나 우리는 모두 능력껏 최선을 다해 살아가려고 노력하고, 어느 정도 이뤄내기도 하고 그렇지 않기도 하다. 이 책에서 이런 시도를 분석해보려고 했다. 더 잘 살기 위한 노력은 무엇보다 정체되지 않고 공간적·시간적으로 움직이려는 자발적인 노력과 관련이 있다. 한 발 비켜나든, 도약하든, 잃은 것을 되찾든 이 움직임은 인간을 계속 살아가게 만든다. 이 노력이 결실을 맺는다면 새로운 상징적인 사건이나 새로운 관계가 발생하고, 이를 계기로 새로운 '그럼에도 불구하고 찾아오는 행복'을 누린다.

'장례를 치르는 일'이 좋은 사례다. 거기서는 전통적 지혜가 역설적 행복을 만들어낸다. 브르타뉴가 고향인 우리 가족이 1970년대에 몇 차례 치른 장례는 멀리 떨어져 사는 친척이 저마다 휴가의 추억을 간직한 마을로 돌아오게 하는 계기가 됐다. 우리는 집안 어른이 세상을 떠나셨음을 진심으로 애도하면서도 이렇게 서로 만나 기뻤다. 이런 회합은 단순히 장례를 치르기 위한 모임이 아니었다. 우리가 그저 만나는 게 목적이었다면 다른 방식으로도 만날 수 있었을 것이다. 하지만 이런 만남은 결이 달랐다. 장례 치르기는 오래 남는 추억을 만든다. 유족은 친척의 방문에 감동하고, 상중이라는 예외적 상황에서 우리는 짧으나마 끈끈한 감정적 유대를 맛본다.

우리 증조할머니는 증조할아버지를 잃고 나서 1차 세계대전을 피해 7남매를 데리고 고향인 이 마을로 돌아왔다. 아들 둘은 죽고, 딸 하나와 이 마을에서 살았다. 다른 아이들은 각기 다른 운명의 길을 걸었지만, 2차 세계대전을 전후해서 하나둘 이곳으로 돌아왔다. 그 아이들의 아이들도 이 마을에 애착이 있었고, 나를 비롯해 그 아이들의 아이들도 여름휴가를 대부분 이곳에서 보냈다.

1970년대 초반부터 점차 세대 간 이동이 일어나다가

마침내 빨라지는 것을 느꼈다. 장례식이 끝나고 열리는 연회에서 이전 세대의 얼마 남지 않은 어른들과 가까워졌다. 그분들은 시간을 자유롭게 넘나들면서 가족의 비밀, 묘한 경쟁과 긴장 관계, 서로 꼬인 이야기를 해주셨다. 어린아이들은 가끔씩 어깨너머로 들어서 막연하게 알고 있던 일화이자, 어른들의 입에서 마지막으로 되살아난 이야기였다. 하나의 추억은 다른 기억을 밀어낸다. 가족이 하나 되는 분위기는 지난 시대의 원망과 분한 마음을 누그러뜨린다. 우리는 장례를 계기로 가톨릭 교회의 제도적 계략과 식탁에서 함께 식사하는 이교도적 덕목이 결합된, 시간상으로 멀리 있지만 공간상으로 가까워지는 행복을 맛본다.

함께 조의를 표하는 이 순간이 놀라운 것은 결국 우리가 모여서 하는 일, 그러니까 하나의 사건을 행복을 나누는 행사로 바꾸는 힘 때문이다. 이 순간은 장례를 치른 모두가 만든 것이다. 큰일을 치러 한숨 돌렸다는 안도감과 사그라지는 추억, 그럼에도 조문하러 먼 길을 와

준 이들의 유대감과 역할 등이 모여 빚어낸 결과물이다.

독자들은 이 책을 읽으면서 내 인생의 몇몇 사건에 대해 알았을 것이다. 애초에는 나에 대해 이야기하고 싶은 마음이 없었지만, 모두 언젠가 맞닥뜨리고 누구나 각별하게 경험하는 일에 대해 생각해보기로 결정하고 나니 어쩔 수 없었다.

나는 알랭 바디우처럼 '진실한 삶', 랭보는 존재하지 않는다고 한 그 진실한 삶으로 가는 '지름길'을 짚어줄 만한 위치에 있지 않다. 하지만 내가 조금이나마 안다고 확신할 수 있는 몇 가지 사례를 문학이나 내 인생에서 차용해, 모든 개인은 철학이 행복의 조건으로 삼는 자기 초월을 시도해볼 수 있음을 보여주고자 했다. 미셸 드 세르토가 말한 '일상의 발명'이라는 개념은 우리 모두 갖춘 역량, 창조적인 방식으로 타자와 조금 더 행복한 관계 조건을 만들어갈 수 있는 역량을 탐구하는 데 적절하다.

알랭 바디우는 '행복의 주체'로서 '새로운 주체'라고 부르는 이의 주요 특성을 세 가지로 정의한다. 첫째, 그는 뭔가를 창조하는데 이는 단순히 '내가 하고 싶은 것을 한다'는 의미가 아니다. 이런 창조자의 예로는 현실을 재현하는 새로운 방식을 찾기 위해 자기 분야에 무섭게 골몰하는 예술가나 과학자가 있다. 둘째, 새로운 주체는 하나의 자아 안에 갇혀 있지 않다. 예술 작품이나 과학적 발견은 보통 전 인류의 관심을 모은다. 셋째, 이 주체는 자기가 이전에는 할 수 있는지 몰랐던 것을 할 수 있다는 사실을 '자기 내면에서' 발견한다. 이렇게 행복이란 '유한성에 맞서' 쟁취한 승리로 정의할 수 있다. 이는 세상에 있던 자리나 직위를 손에 넣었을 때 드는 만족감과 상반되는 것이다. 바디우는 개인이 자기를 주체로 발견하는 과정으로서 행복과 정치적 해방, 예술적 창조, 과학적 발명 혹은 사랑에 빠진 자아의 변화 사이의 관계에 대해 이야기한다.

《행복의 형이상학》은 프롤로그에서 언급한 '트렌드

로서 행복', 개인의 능력 계발 비법이 소비자로서 독자에게 만족을 주기 위해 쓰인 책과 대척점에 있지만, 호소인 동시에 은밀한 속삭임 같은 책이다. 자기가 '몇 안 되는 진실을 추구하며 통념을 거슬러서 생각'할 줄 알기 때문에 '행복하다'고 생각하는 철학자의 은밀한 속삭임이자, 독자들에게 진실한 삶의 내재성을 경험한 이야기와 그 내재성이 가져온 행복을 자기와 공유해달라는 호소다.

인류학자인 나의 이야기는 '통념'을 거슬러 생각하게 해주는 '진실'을 간직한 철학자보다 한결 소박하고 확신도 덜할 것이다. 그래도 내가 관찰한 사람들과 무엇보다 나 자신이 드러내는 행복을 향한 충동에서 그 철학자가 말한 경험의 어떤 조각이 형성되는 것을 발견했다. 글을 쓰는 행복과 연극배우나 강연자로서 무대에서 발언권을 얻는 행복을 경험했고, 풍경을 감상했고, 머릿속에 남는 노랫가락을 즐겼고, 산다는 것은 무엇인지 자문해봤고, 삶에 대해 형성한 개념을 뒷받침하는 근거를 찾거나 일상적인 삶의 소소한 부분에서 체험한 내재성을 직관적으로 인식해 검증했다.

인류학자로서 나는 이쯤에 있다. 타인도 나처럼 인식하고 있는지 궁금하다. 개인적인 직관 중에 어떤 것이 타인과 공명할 때 행복하다. 다름에 집중한 민족지학의 시대는 지났기 때문이다. 현재 경제체제는 모든 개인이 다른 사람으로 대체될 수 있다는 사고가 지배적이다. 이에 대한 반응은 크게 두 가지로, 모든 측면에서 폭력성을 드러내거나 개별적 차이를 뛰어넘어 인류는 하나라고 인식한다. 후자의 인식은 과학의 진보나 예술과 문학작품을 통해 입증된다.

현대 세상이 다양한 게 현실이지만, 그 다양성이 경제체제의 압제와 이런 세태에 대한 두 가지 반응을 막지는 못한다. 이런 상황에서 우리 현대인이 지나온 여정을 분석해, 그럼에도 불구하고 행복하다고 말할 이유와 때를 찾아내는 것은 유익하면서도 흥미로운 일이다.

일상 속 행복, 다양한 의미로 이해될 수 있는 표현임이 분명하다.

우선 일상에서 맛보는 행복이 있다. 일상을 누릴 수 있는 이들이 소비하는 행복이다.

그리고 언제나 변함없이 누리는 만남의 행복이 있다. 얼굴, 풍경, 책, 영화나 노랫가락과 만나고, 익숙한 것과 새로운 것을 만나는 행복이다. 가끔 순간적으로 나타났다가 급하게 사라지지만 기억 속에 저장된 행복이 있다. 회귀 혹은 첫 번째 경험의 행복, 추억과 변치 않는 사랑의 행복이 있다. 이 모든 행복은 시절과 의구심과 두려움에도 행복의 창조자가 되려고 열망하는 이들에게 존재한다. 그러나 출신이나 문화, 성별과 상관없이 모든 이에게 열린 행복이자, 비루한 현실에도 착상은 언제나 새롭게 남을 저항의 행복이 있다. 이것이 바로 '그럼에도 불구하고 찾아오는 행복들'이다.

지금 같은 시대에 행복이 인간의 특성이라고 말하면 배부른 소리로 들릴지 모른다. 그렇지만 인간이 끝없이 시간과 공간으로 농간을 부려 상징적 존재가 되려고 한다는 점, 다시 말해 각자 삶의 창조자가 되려고 한다는 점을 인정하지 않기도 어렵다. 사람들이 각자 삶의 창조자가 되면 그들은 자기만의 존재성과 타인과 관계를 동시에 인식함으로써 만족감을 갖는데, 이 행복은 몸의 감각도 아우른다. 이런 총체적 인식의 순간을 나는 행복이라고 부른다. 이 소중한 순간을 통해 우리는 개인보다 큰 인간 공동체, 더 나아가 인류의 존재에 대해 선명한 인식을 획득한다. 이런 일상 속 행복은 찬란한 미래를 위한 밑그림이자 약속일 것이다.

지은이

마르크 오제 Marc Augé

마르크 오제는 프랑스 인류학자다. 1935년생으로 파리고등사범학교ENS에서 문학을 전공했다. 1970년부터 파리사회과학고등연구원EHESS 교수를 지냈으며, 1985~1995년에는 원장을 역임했다. 1965년부터 서아프리카 코트디부아르와 토고에서 진행한 현지 조사를 바탕으로《Le Rivage Alladian: Organisation et évolution des villages Alladian알라디안 연안》《Théorie des pouvoirs et Ideologie: Études de cas en Côte d'Ivoire권력과 이데올로기의 이론》《Pouvoirs de vie, Pouvoirs de mort삶의 권력, 죽음의 권력》같은 연구서를 출간했다. 1980년대 중반 이후 베네수엘라와 아르헨티나, 칠레 등에 머물면서 연구 영역을 확대하는 한편, 동시대 서유럽에 대한 인류학적 에세이를 발표했다. 이 시기 대표작으로《La Traversée du Luxembourg뤽상부르 정원 가로지르기》《Un ethnologue dans le métro지하철의 인류학자》《Domaines et Châteaux집과 궁전》등이 있다.

그 후 시야를 전 세계로 확대해《비장소 : 초근대성의 인류학 입문Non-Lieux: Introduction à une anthropologie de la surmodernité》《Le Sens des autres : Actualité de l'anthropologie 타자들의 의미》《Pour une anthropologie des mondes contemporains 동시대 세계의 인류학을 위하여》《La Guerre des rêves : exercises d'ethno-fiction 꿈의 전쟁》《L'Anthropologue et le monde global 인류학자와 전 지구적 세계》 등 이론서를 발표했다. 이 밖에도 삶과 예술에 대한 재치 있는 에세이로《망각의 형태 Les Formes de l'oubli》《카사블랑카 Casablanca》《Éloge de la bicyclette 자전거 예찬》《나이 없는 시간 : 나이 듦과 자기의 민족지 Une ethnologie de soi : Le temps sans âge》 등을 펴냈다.

옮긴이

서희정

서희정은 한국외국어대학교 불어과와 같은 대학 통번역대학원 한불과를 졸업했다. 옮긴 책으로《자발적 고독》《죽을 만큼 아름다워지기》 등이 있고,《르몽드 디플로마티크》 한국어판 번역에도 참여하고 있다.

인류학자가 들려주는
일상 속 행복

펴낸날 | 초판 1쇄 2020년 3월 20일

엮은이 | 마르크 오제(Marc Augé)

옮긴이 | 서희정

만들어 펴낸이 | 정우진 강진영 김지영

펴낸곳 | 도서출판 황소걸음

디자인 | 송민기 happyfish70@hanmail.net

등록 | 제22-243호(2000년 9월 18일)

주소 | 서울시 마포구 토정로 222 한국출판콘텐츠센터 420호

편집부 | 02-3272-8863

영업부 | 02-3272-8865

팩스 | 02-717-7725

이메일 | bullsbook@hanmail.net / bullsbook@naver.com

ISBN | 979-11-86821-45-9 03860